dtv

Eine leidenschaftliche Frau mit einer unbändigen Liebe zum Leben spricht aus diesen Gedichten. Ihre Themen sind Abschied, Liebe, Eifersucht, die Einsamkeit des Dichters, entlarvte Illusionen, der Holunderstrauch der Kindheit, der Krieg – aus jeder Zeile atmet das Leben der »Musikerin der Verse« (Harald Hartung).
Die vorliegende Auswahl von 42 Gedichten, nachgedichtet von deutschen Lyrikern und mit Anmerkungen des Herausgebers versehen, ist durch umfangreiches biographisches Material sowie Fotos ergänzt.
»Für diejenigen, die es bisher versäumt haben, ist eine Entdeckung zu machen: ein Bändchen mit Gedichten von Marina Zwetajewa, die über lange Zeit als unübersetzbar galten, nachgedichtet von deutschen Schriftstellerinnen und Schriftstellern. Herausgegeben und kommentiert ist es von Fritz Mierau, dem vielleicht besten Kenner der zwanziger Jahre, speziell russischer Literatur.« (Frieda Mangold in der ›taz‹)

*Marina Zwetajewa*, geboren in Moskau am 8. Oktober 1892, gestorben am 31. August 1941 in Jelabuga, gilt neben Anna Achmatowa als die bedeutendste russische Dichterin. Neben Lyrik schrieb sie auch Versmärchen, Dramen und dichterische Prosa.

Marina Zwetajewa

# Vogelbeerbaum

Ausgewählte Gedichte
Russisch und Deutsch

Herausgegeben von Fritz Mierau

Deutscher Taschenbuch Verlag

Marina Zwetajewas Gedichte galten lange als unübersetzbar. Erst seit den siebziger Jahren haben einige deutsche Lyriker versucht, einzelne Gedichte zu übertragen.

Diese Übertragungen wurden hier gesammelt unter dem Gesichtspunkt, ob dabei deutsche Gedichte entstanden sind, die die radikale Ästhetik des Originals respektieren.

Alle Übertragungen wurden noch einmal vom Herausgeber überprüft und, wo nötig, mit Erläuterungen versehen; von ihm stammen auch der einleitende Text und die Lebensdaten Marina Zwetajewas am Schluß des Bandes.

Wir danken allen beteiligten Autoren und Verlagen, besonders aber Fritz Mierau, für ihre liebenswürdige Hilfe.

Ungekürzte,
um die russischen Originaltexte ergänzte Ausgabe
April 1999
Deutscher Taschenbuch Verlag GmbH & Co. KG,
München

Umschlagkonzept: Balk & Brumshagen
Umschlagbild: ›Herbststudie bei Oberau‹ (1908) von Wassily Kandinsky
(© VG Bild-Kunst, Bonn 1998)
Satz: Fotosatz Reinhard Amann, Aichstetten
Gesetzt aus der Minion (QuarkXPress)
Druck und Bindung: C. H. Beck'sche Buchdruckerei,
Nördlingen
Gedruckt auf säurefreiem, chlorfrei gebleichtem Papier
Printed in Germany · ISBN 3-423-12629-9

# Inhalt

# Zwetajewa lesen

Hochfahrend und wild wird sie einem begegnen, wo immer man sie aufschlägt. Aber diese Abschiede, Abweisungen, Verzichte, Sarkasmen, Beschimpfungen – vogelbeerbitter, sagt sie – haben einen unwiderstehlichen Zauber, den Zauber des Aufruhrs gegen die Vergänglichkeit. Es ist dieser Aufruhr, der sie zur Dichterin macht.

»Für wen schreibe ich«, fragt sie 1927 in ihrem Essay »Dichter über Kritiker«: »Nicht für die Millionen, nicht für einen einzelnen, nicht für mich. Ich schreibe für die Sache selber. Die Sache schreibt sich durch mich.« – »Der furchtbarste, der erbittertste (und der würdigste!) Feind des Dichters ist das Sichtbare. Ein Feind, den er nur auf dem Wege der Erkenntnis überwältigt. Das Sichtbare in den Dienst des Unsichtbaren zu zwingen – das macht das Leben des Dichters aus.«

Man hat sie mit diesem Anspruch mythoman genannt, und tatsächlich haben alle, die mit ihr zu tun bekamen, diesen Kampf gegen das Sichtbare am eigenen Leib erfahren müssen und fürchten gelernt. Selbst die Tapfersten, die Helden ihrer großen Brief-Romanzen – Boris Pasternak und Rainer Maria Rilke –, sind am Ende vor Marina Zwetajewas Mythisierungen zurückgeschreckt, wie erst die Zaghaften. Sie fanden da ihr Leben wieder als das sichtbare Material, aus dem die Zwetajewa das unsichtbare Entzücken ihrer Liebe, ihrer Verlassenheit, ihrer Vermessenheiten und Niederlagen arbeitete. Dem Dichter Maximilian Woloschin, ihrem Förderer und väterlichen Freund von der Krim, hat sie die Beschreibung dieser Operationen in den Mund gelegt: »Wenn Sie einen Menschen lieben«, sagt er zu ihr, »möchten Sie immer, daß er ginge, damit Sie von ihm träumen können. Möglichst weit weg ginge, damit es sich um so länger träumen ließe.«

Daß sie mit diesem Konzept nie die Saison bediente, gar die wechselnden Ismen, die »Quadrille der Literatur«, ist nur die äußere Form ihrer Entledigung von den gefährlichen Sichtbarkeiten. Immer sind die Besiegten ihre Helden, die ins Unsichtbare Sinkenden. In der Revolution zeigt sie das Heldentum der Gegenrevolutionäre. In der Emigration sagt sie von der Sowjetunion: »Die Kraft ist dort.« Der Massendissens der Frauen in Frauenkursen, im Suffragetteneifer, Feminismus, Heilsarmeetreiben ist ihr tief zuwider: in der Kunst gebe es keine Frauenfrage. Die Russin kultiviert ihre deutschen Verwurzelungen, mythisiert natürlich auch hier. 1919 im Tagebuch: »Frankreich ist mir zu leicht, Rußland zu schwer, Deutschland angemessen – der alte Stamm, die Eiche, heilige Eiche (Goethe! Zeus!). Deutschland ist die passende Hülle für meinen Geist, Deutschland – mein Leib: seine Ströme – meine Hände, seine Haine – mein Haar, es ist ganz mein, und ich ganz – sein! ... Deutschland – Schraubstock für den Leib und eleusinische Felder für die Seele. Ich bei meiner Maßlosigkeit brauche einen Schraubstock.« Und die Russin verbindet sich mit einem russischen Juden, dem sie durch alle Uneinlösbarkeiten folgt, folgt »wie ein Hund«, wie sie es in der Stunde seiner tödlichen Bedrohung mit einem furchtbaren Eid geschworen hat, denn: »Alle Dichter sind Juden.« Sie bleibt sich selber treu, als sie wider allen guten Rat in der sicheren Erkenntnis ihres Untergangs 1939, ihrem Mann folgend, in die Sowjetunion zurückkehrt.

Außerhalb der literarischen Schulen und politischen Übereinkünfte stehend, fehlt der Zwetajewa der Gruppen-Bonus. Und es mag durchaus auch darauf zurückgehen, daß sie von den großen russischen Dichtern des Jahrhundertbeginns Westeuropa als letzte erreicht. Sie ist ganz allein. Valeri Brjussow, einer der Organisatoren des russischen Symbolismus und nach der Revolution ein Arrangeur der literarischen »Quadrillen«, nannte die Zwetajewa wegen dieser fehlenden Gruppenzugehörigkeit sogar einen »niemand«, was sie freilich selber nur als einen weiteren »titre de noblesse« verbuchen konnte.

Wahr ist, daß sie von keinem der Flügel der russischen Avantgarde mitgetragen wurde. Weder vom poetischen Aktivismus, der sich vor der Revolution geistig und nach der Revolution auch organisatorisch mit der sozialistischen Umwandlung Rußlands verband (Futurismus, vor allem Majakowski und seine »Linke Kunstfront«), noch vom poetischen Universalismus, der sein Ziel in der Anstrengung des Menschheitsgedächtnisses und der Gewinnung einer welterfahrenen Häuslichkeit für Rußland sah (Akmeismus, vor allem Nikolai Gumiljow, Ossip Mandelstam und Anna Achmatowa).

Beide Wege waren für Marina Zwetajewa ungangbar, weil sie ihre Grundlagen zerstört hätten. Der aktivistische, weil er einer ruhmredigen Ausstellung des persönlichen Lebens, eines Terrors des Sichtbaren, einer Glorifizierung der Vergänglichkeiten bedurfte. Der universalistische, weil er einer Vereinigung von Alltag und Poesie, der Sublimierung des Sichtbaren, eines Einverständnisses mit der Vergänglichkeit bedurfte. An Majakowskis Beispiel hat sie ihr kritisches Verständnis des Aktivismus erörtert: »Ruhm beim Dichter konzediere ich als Reklame – zu finanziellen Zwecken. So applaudiere ich, selber der Reklame abhold, dem – auch hier unvergleichlichen – Maßstab Majakowskis. Wenn Majakowski Geld braucht, veranstaltet er die fällige Sensation (›Reinigung der Dichter‹, ›Schlachtfest der Poetessen‹, ›Amerika‹ usw.). Skandal, die Leute strömen und lassen ihr Geld. Majakowski, den Dichter, schert weder Lob noch Schmähung. Er weiß, was er wert ist. Aber Geld braucht er. Und seine Selbstreklame ist gerade in ihrer Grobheit reiner als die Papageien, Affen und der Harem von Lord Byron, der bekanntlich kein Geld brauchte.

Unerläßliche Anmerkung: weder Byron noch Majakowski setzten für Ruhm ihre Leier in Gang, beide – das persönliche Leben, den Abfall. Byron braucht Ruhm? Da legt er sich einen Zoo zu, wohnt im Hause Rafaels, fährt – *vielleicht* – nach Griechenland ... Majakowski braucht Ruhm? Da zieht er sich die gelbe Jacke an und wählt zum Auftrittsort einen Bretterzaun. Das Skandalöse des persönlichen Lebens bei gut der Hälfte aller Dichter ist lediglich die Reinigung *jenes* Lebens, damit es *dort* rein sei.«

Diese Forcierung von Vergänglichkeit war für Marina Zwetajewa ebenso unannehmbar wie die eines stillen Einverständnisses mit ihr. Daher der Aufruhr, als sie bei der Rückkehr in die Sowjetunion die Achmatowa in ihrer großen Dichtung der Gedächtnisse »Poem ohne Held« scheinbar nur mit irgendwelchen Banalitäten aus dem Balleben der russischen Vorkriegszeit beschäftigt fand.

Auch was den Vers angeht, hielt sich Marina Zwetajewa außerhalb der Saison. Sie macht die exzessive Anstrengung der russischen Wortwurzeln bei Welimir Chlebnikow und den Futuristen ebensowenig mit wie die (impressionistischen) Lautnuancentechniken Mandelstams. Weder die Meetingssyntax Majakowskis noch die Flüstersyntax der Achmatowa. Was sie sich gewinnt, ist eine Virtuosität im Rhythmischen: russische Lied- und Sagenfolklore, russischer Kirchengesang, die Auslassungen und Kürzel der Zurufe auf der Straße, das Stammeln und Stottern der Erregung, das Stocken des Erkennens. Gedankenstrich und Ausrufezeichen sind daher die Favoriten ihrer poetischen Interpunktion – die Zeichen des Wechsels und des Affekts. Der Wechsel als Übergang, noch mehr als Ankündigung des Unerwarteten, aber dann auch kombiniert mit Einschaltungen von Fragen und Ausrufen. Und das Zeichen des Affekts nach Befehl, Aufforderung, Warnung, Wunsch, Ausruf, Anrede. Man sehe als extremen Fall das Gedicht »Der Vorhang« von 1923: Bei 24 Versen 18 Gedankenstriche, 12 Ausrufezeichen; in der deutschen Fassung von Elke Erb sogar 29 bzw. 14.

Hier gibt es nicht den Versuch, einer Syntax des Alltags zu folgen, weder der des vertrauten Gesprächs oder des Selbstgesprächs wie bei Anna Achmatowa noch der des argumentierenden Tribunen wie bei Majakowski. Es ist eine Syntax, die dem Sichtbaren seine wesentliche, innere, unsichtbare, unvergängliche Bewegung ablauscht. »Ablauscht« – so hat sie es selber genannt, »Silbe für Silbe ablauscht«; aber gleich hat sie eine schöne Ermunterung angefügt, die unsere Lektüre bestimmen könnte. Sie schrieb nämlich:

»Wie kann ich, ein Dichter, d. h. ein Mensch des Wesens der Dinge, von Form verführt werden? Ich werde vom Wesen verführt, die Form kommt von allein ... Die allmähliche Offenbarung der Züge – so wächst der Mensch, so wächst das Kunstwerk. Wie abgeschmackt, ›formal‹ vorzugehen, d. h. mir (und häufig noch ziemlich falsch) meine Entwürfe nachzuerzählen. Wenn es die Reinschrift gibt, ist der Entwurf (die Form) schon überwunden. Ehe du mir erzählst, *was* ich in dem vorliegenden Fall bieten wollte, zeig mir lieber, *was* du dir hast nehmen können.«

# Vogelbeerbaum

## Ausgewählte Gedichte

Идешь, на меня похожий,
Глаза устремляя вниз.
Я их опускала – тоже!
Прохожий, остановись!

Прочти – слепоты куриной
И маков набрав букет,
Что звали меня Мариной
И сколько мне было лет.

Не думай, что здесь – могила,
Что я появлюсь, грозя...
Я слишком сама любила
Смеяться, когда нельзя!

И кровь приливала к коже,
И кудри мои вились...
Я тоже была, прохожий!
Прохожий, остановись!

Сорви себе стебель дикий
И ягоду ему вслед, –
Кладбищенской земляники
Крупнее и слаще нет.

Но только не стой угрюмо,
Главу опустив на грудь.
Легко обо мне подумай,
Легко обо мне забудь.

Как луч тебя освещает!
Ты весь в золотой пыли...
– И пусть тебя не смущает
Мой голос из-под земли.

DU GEHST, so ging ich auch
Mit Augen, die nach unten sehn,
Ich schlug sie nieder, auch.
Der du vorübergehst, bleib stehn.

Sumpfdotterblumen und Mohn
Zum Strauß zusammenlies
Und lies wie alt ich war
Und daß ich Marina hieß.

Denk nicht, hier sei ein Grab,
Und daß ich dir drohend erscheine
Ich lachte selbst zu gerne
Wenn es verboten war.

Auch mein Haar fiel in Locken
Auch ich wurde rot.
Auch ich ging vorüber
Jetzt bin ich tot.

Pflücke den Stengel
Und dann pflücke die Beere,
Ist keine größer und süßer
Als die wilde Friedhofserdbeere.

Nur steh nicht so verfinstert,
Das Kinn der Brust aufgesessen,
Du sollst leicht an mich denken
Und sollst mich leicht vergessen.

Der Strahl, der dich beleuchtet
Hüllt dich ganz in goldenen Staub.
Es soll dich nicht verwirren
Meine Stimme unter dem Laub.

С большою нежностью – потому,
Что скоро уйду от всех –
Я все раздумываю, кому
Достанется волчий мех,

Кому – разнеживающий плед
И тонкая трость с борзой,
Кому – серебряный мой браслет,
Осыпанный бирюзой…

И все записки, и все цветы,
Которых хранить – невмочь…
Последняя рифма моя – и ты,
Последняя моя ночь!

DA ICH DIE DINGE bald verlasse
Denk ich mit großer Zärtlichkeit
Wem bleibt mein Wolfspelz überlassen
Und wem das eingewohnte Plaid

Der schlanke Stock mit Windhundzwinge
Wer hält ihn bald in seiner Hand
Wen schmücken die Türkisenringe
An welchem Arm mein Silberband

Und alle Zettel, alle Blumen bleiben
Ich habs nicht über mich gebracht...
Und wem den Endreim aufzuschreiben
Und wem du – meine letzte Nacht

Настанет день, – печальный, говорят! –
Отцарствуют, отплачут, отгорят, –
Остужены чужими пятаками, –
Мои глаза, подвижные, как пламя.
И – двойника нащупавший двойник –
Сквозь легкое лицо проступит – лик.

О, наконец тебя я удостоюсь,
Благообразия прекрасный пояс!

А издали – завижу ли я вас? –
Потянется, растерянно крестясь,
Паломничество по дорожке черной
К моей руке, которой не отдерну,
К моей руке, с которой снят запрет,
К моей руке, которой больше нет.

На ваши поцелуи, о живые,
Я ничего не возражу – впервые,
Меня окутал с головы до пят
Благообразия прекрасный плат.
Ничто меня уже не вгонит в краску,
Святая у меня сегодня Пасха.

По улицам оставленной Москвы
Поеду – я, и побредете – вы.
И не один дорогою отстанет,
И первый ком о крышку гроба грянет, –
И наконец-то будет разрешен
Себялюбивый, одинокий сон.

И ничего не надобно отныне
Новопреставленной боярыне Марине.

DER TAG WIRD KOMMEN, einst der Trauertag
Dann fordern, glänzen, weinen sie nicht mehr
Die Augen, kalt geworden von den Münzen
Und eben noch wie Flammen flatternd, schwer.
So wie ein Zwilling seinen Bruder fand
Schaut Antlitz durch Gesichtes Wand.

O endlich liegst du mir bereit
Herrlicher Gürtel der Ehrbarkeit!

Doch werde ich von fernher euch erblicken?
Verstört und betend zieht mit klagender Gebärde
Der Pilgerzug auf schmalem schwarzem Pfad
Zu meiner Hand hin, die ich nicht verweigern werde
Zu meiner Hand, die kein Verbot betrübt
Zu meiner Hand hin, die es nicht mehr gibt.

An euren Küssen, Lebende
Hab ich das erste Mal nichts auszusetzen.
Denn mich hat eingehüllt von Kopf bis Zeh
Das Tuch der Ehrbarkeit. Nichts kann verletzen
Und nichts mehr treibt mir Röte ins Gesicht.
Mir scheint schon von Ostern her das Licht.

Durch Moskaus Straßen, die der Zar verließ
Werd fahren: ich, und werdet gehen: ihr.
So mancher bleibt auf diesem Weg zurück
Der erste Brocken bricht am Sarge mir
Ach, endlich endet unterm Wolkenbaum
Der eigensüchtige einsame Traum.

Und nichts braucht mehr seit dieser Frist
Bojarin Marina, die so gegangen ist.

Имя твое – птица в руке,
Имя твое – льдинка на языке,
Одно-единственное движенье губ,
Имя твое – пять букв.
Мячик, пойманный на лету,
Серебряный бубенец во рту,

Камень, кинутый в тихий пруд,
Всхлипнет так, как тебя зовут.
В легком щелканье ночных копыт
Громкое имя твое гремит.
И назовет его нам в висок
Звонко щелкающий курок.

Имя твое – ах, нельзя! –
Имя твое – поцелуй в глаза,
В нежную стужу недвижных век,
Имя твое – поцелуй в снег.
Ключевой, ледяной, голубой глоток…
С именем твоим – сон глубок.

DEIN NAME: Vogel in der Hand;
Dein Name: Eiskorn, der Zung eingebrannt;
Knappe Bewegung der Lippen, jetzt, hier:
Dein großer Name, Buchstaben, vier,
Aus dem Flug gefangenes Bällchen und
Die Silberschelle innen im Mund.

Steine, geworfen in einen Teich ...
Dich rufen: ihrem Aufseufzen gleich.
Näher und näher: dein Name verhallt
Im Klappern der Hufe nächtens im Wald.
Es nennt ihn metallisch das leise Klick
Des Hahns an der Schläfe –

Dein Name (ach, daß ichs missen muß!)
Dein Nam': auf geschloßnen Augen ein Kuß.
Auf reglosem Lid, auf zartestem Weh;
Dein ruhmvoller Name: Kuß auf den Schnee,
Eisblauer Quell – Schluck aus Händen konkav.
Mit deinem Namen: Schlaf, tiefer Schlaf.

О, Муза плача, прекраснейшая из муз!
О ты, шальное исчадие ночи белой!
Ты черную насылаешь метель на Русь,
И вопли твои вонзаются в нас, как стрелы.

И мы шарахаемся и глухое: ох! –
Стотысячное – тебе присягает: Анна
Ахматова! Это имя – огромный вздох,
И в глубь он падает, которая безымянна.

Мы коронованы тем, что одну с тобой
Мы землю топчем, что небо над нами – то же!
И тот, кто ранен смертельной твоей судьбой,
Уже бессмертным на смертное сходит ложе.

В певучем граде моем купола горят,
И Спаса светлого славит слепец бродячий…
И я дарю тебе свой колокольный град,
– Ахматова! – и сердце свое в придачу.

OH MUSE DER KLAGE, wie du ist keine so schön!
Oh du behextes Geblüt, weißer Nacht entbunden!
Den Schneesturm schwarz läßt auf Rußland du niedergehn,
und uns wie mit Pfeilen schrein deine Schreie Wunden.

Da stehn, Erstarrende, wir, und ein dumpfes: Ach,
hunderttausendfach, legt ab seinen Eid dir, Anna
Achmatowa! Dieser Name, ein schwerer. Hauch,
der tief hinunterfällt, die Tiefe, sie nennt kein Name.

Wir tragen Kronen aus Stolz, daß mit dir wir hier
die Erde stampfen und atmen denselben Himmel.
Und wer den Pfeil deines tödlichen Schicksals spürt,
tritt schon unsterblich dereinst in das Sterbezimmer.

Die Kuppeln sind meiner klingenden Stadt erstrahlt,
dem lichten Heiland lobsingt eines Blinden Kehle.
Mein Gut, ich schenk es dir, nimm meine Glockenstadt,
Achmatowa, – dazu meine ganze Seele.

Белое солнце и низкие, низкие тучи,
Вдоль огородов – за белой стеною – погост.
И на песке вереница соломенных чучел
Под перекладинами в человеческий рост.

И, перевесившись через заборные колья,
Вижу: дороги, деревья, солдаты вразброд…
Старая баба – посыпанный крупною солью
Черный ломоть у калитки жует и жует.

Чем прогневили тебя эти серые хаты,
Господи! – и для чего стольким простреливать грудь?
Поезд прошел и завыл, и завыли солдаты,
И запылил, запылил отступающий путь…

Нет, умереть! Никогда не родиться бы лучше,
Чем этот жалобный, жалостный, каторжный вой
О чернобровых красавицах. – Ох, и поют же
Нынче солдаты! О, Господи Боже ты мой!

WEISSE SONNE, tiefe, tiefe Wolken,
Vorbei an Gärten, Friedhof hinter weißer Wand,
Und dann aus Stroh unter mannshohen Balken
Ein Schwarm von Vogelscheuchen auf dem Sand.

Und ich, über die Zaunspitzen gelehnt,
Seh: Wege, Bäume, Soldaten ab und an,
Und eine Alte sitzt in ihrer Tür,
Streut Salz auf schwarzes Brot und kaut und kaut daran.

Mit was brachten die grauen Katen dich in Zorn,
Mein Gott? Warum so vielen durch die Brust geschossen,
Der Zug brüllte vorbei und die Soldaten brüllten.
Der Rückzugsweg, staub- staubübergossen.

Nein, sterben! Besser nicht geboren werden
Als dies klägliche mühselige Gebrülle
Von schwarzäugigen Schönen. – Ach, sie singen
Jetzt, die Soldaten! Gott, was ist dein Wille!

Сегодня ночью я одна в ночи –
Бессонная, бездомная черница! –
Сегодня ночью у меня ключи
От всех ворот единственной столицы!

Бессонница меня толкнула в путь.
– О как же ты прекрасен, тусклый Кремль мой! –
Сегодня ночью я целую в грудь –
Всю круглую воюющую землю!

Вздымаются не волосы – а мех,
И душный ветер прямо в душу дует.
Сегодня ночью я жалею всех, –
Кого жалеют и кого целуют.

HEUT NACHT bin ich in dieser Nacht allein –
Im schwarzen Kleid die Nonne, schlaflos, hauslos! –
Für heute nacht sind alle Schlüssel mein
Zu allen Toren der alleinigen Hauptstadt.

Fort auf den Weg stößt mich Schlaflosigkeit.
Mein Kreml, lichtes Grau, wie stehst du herrlich! –
Und heute in der Nacht küß ich den Leib.
Die ganze runde, Krieg führende Erde.

Zu Berge stehn die Haare nicht, der Pelz.
Der schwüle Wind bläst mitten in die Seele.
Und gleich sind in der Trauer, die mich hält,
Die, die man küßt, mit jenen, die sich quälen.

Я тебя отвоюю у всех земель, у всех небес,
Оттого что лес – моя колыбель, и могила – лес,
Оттого что я на земле стою – лишь одной ногой,
Оттого что я о тебе спою – как никто другой.

Я тебя отвоюю у всех времен, у всех ночей,
У всех золотых знамен, у всех мечей,
Я ключи закину и псов прогоню с крыльца –
Оттого что в земной ночи я вернее пса.

Я тебя отвоюю у всех других – у той, одной,
Ты не будешь ничей жених, я – ничьей женой,
И в последнем споре возьму тебя – замолчи! –
У того, с которым Иаков стоял в ночи.

Но пока тебе не скрещу на груди персты –
О проклятие! – у тебя остаешься – ты:
Два крыла твои, нацеленные в эфир, –
Оттого что мир – твоя колыбель, и могила – мир!

ICH REISS DICH AUS JEDER ERDE, aus jedem Himmel,
Denn der Wald ist mir Wiege, und mein Grab der Wald,
Denn ich steh auf der Erde mit einem Fuß, nur mit einem,
Denn ich will dir singen wie niemand zuvor, wie keine.

Ich reiß dich aus allen Nächten und allen Zeiten,
Aus Fahnen von Gold, aus Schwertern und brennenden Leitern,
Ich werf die Schlüssel weg, ich jag den Hund von der Tür,
Sichrer als mit allen Hunden bist du in der Nacht mit mir.

Ich reiß dich von allen, und von jener einen auch,
Du wirst niemandes Mann sein, ich niemandes Frau,
Und im letzten Kampf nehm ich dich – und schweig! –
Jenem, der Jakob die Stärke des Engels zeigt.

Aber bevor ich dir auf der Brust die Finger verschränk,
Bleibst du – o Fluch! – bei dir, du, keiner Geschenk:
Deine zwei Flügel, weit in den Äther gestellt –
Denn die Welt ist dir Wiege, und dein Grab – die Welt!

Красною кистью
Рябина зажглась.
Падали листья.
Я родилась.

Спорили сотни
Колоколов.
День был субботний:
Иоанн Богослов.

Мне и доныне
Хочется грызть
Жаркой рябины
Горькую кисть.

ALS DER VOGELBEERBAUM
Die Blätter verloren,
Flammte er rot:
Ich wurde geboren.

Sonnabend wars,
Der Streit begann
Von hundert Glocken:
Evangelist Johann.

Heute noch treibts mich,
Des bittren und heißen
Vogelbeerbaumes
Früchte zu beißen.

Кто дома не строил –
Земли недостоин.

Кто дома не строил –
Не будет землею:
Соломой – золою …

– Не строила дома.

BAUT EINER KEIN HAUS –
Spuckt die Erde vor ihm aus.

Baut einer kein Haus –
Wird nie er zu Erde:
Erst Stroh, dann Asche im Herde…

Ich baute kein Haus.

## Глаза

Привычные к степям – глаза,
Привычные к слезам – глаза,
Зеленые – соленые –
Крестьянские глаза!

Была бы бабою простой –
Всегда б платили за постой –
Все эти же – веселые –
Зеленые глаза.

Была бы бабою простой –
От солнца б застилась рукой,
Качала бы – молчала бы,
Потупивши глаза.

Шел мимо паренек с лотком…
Спят под монашеским платком
Смиренные – степенные –
Крестьянские глаза.

Привычные к степям – глаза,
Привычные к слезам – глаза…
Что видели – не выдадут
Крестьянские глаза!

## Diese Augen

Steppen sind solchen Augen bekannt,
Und sie haben von Tränen gebrannt,
Diese grünen, salzenen
Augen vom Land.

Wäre ich eine einfache Frau –
Für Quartier bezahlten genau
All diese grünen, die lachenden
Bauern-Augen vom Land.

Eine einfache Frau auf dem Land,
Beschirmte ich mit der Hand
Und wiegte mich, schwiege
Mit gesenkten Lidern.

Kam vorüber ein Händler mit Tand…
Schlafend unter dem Nonnenstirnband
Die besonnenen, grünen, friedlichen,
Diese Augen vom Land.

Augen, denen die Steppe bekannt,
Augen, denen die Tränen bekannt…
Was es weiß, gibt nicht preis
Solchen Augengrüns Land.

Солнце – одно, а шагает по всем городам.
Солнце – мое. Я его никому не отдам.

Ни на час, ни на луч, ни на взгляд. – Никому. – Никогда.
Пусть погибают в бессменной ночи города!

В руки возьму! – Чтоб не смело вертеться в кругу!
Пусть себе руки, и губы, и сердце сожгу!

В вечную ночь пропадет, – погонюсь по следам…
Солнце мое! Я тебя никому не отдам!

EINE SONNE, über allen Städten eine.
Meine Sonne, keinem andern bring ich meine.

Keine Stunde, keinen Augenblick, kein Schein.
Solln die Städte in der Nacht begraben sein!

Fest in meinen Händen, daß sie nicht im Kreise rennt,
Wenn sie mir auch Hände, Lippen und Herz verbrennt.

Sie verschwindet und ich folge in die Nacht.
Meine Sonne! Keinem hab ich sie gebracht.

На бренность бедную мою
Взираешь, слов не расточая.
Ты – каменный, а я пою,
Ты – памятник, а я летаю.

Я знаю, что нежнейший май
Пред оком Вечности – ничтожен.
Но птица я – и не пеняй,
Что легкий мне закон положен.

## MEINE ARME VERGÄNGLICHKEIT

Übersiehst du, verlierst kein Wort,

Du Stein, ich aber singe,
Du Mal, ich aber fliege,

Im Blick des Ewigen, ich weiß,
Der mildeste Mai ist ein Nichts.

Ich, ein Vogel, wirf mir nicht vor
Mein Schicksal, das leichte Gesetz.

Другие – с очами и с личиком светлым,
А я то ночами беседую с ветром.
Не с тем – италийским
Зефиром младым, –
С хорошим, с широким,
Российским, сквозным!

Другие всей плотью по плоти плутают,
Из уст пересохших – дыханье глотают…
А я – руки настежь! – застыла – столбняк!
Чтоб выдул мне душу – российский сквозняк!

Другие – о, нежные, цепкие путы!
Нет, с нами Эол обращается круто.
– Небось, не растаешь! Одна, мол, семья! –
Как будто и вправду – не женщина я!

ANDRE – dem Auge des süßesten Gatten,
Ich, nachts, neig dem Wind mich und Wolkenschatten,
Nicht den Zephyren,
Italisch und lind,
Dem wahren breit-weiten
Russischen Wind.

Andere schweifen, das Fleisch, über runde
Fleische, ziehn Atem aus dorrendem Schlunde…
Ich – offnen Arms, die Erstarrte, Lots Weib,
Feg mir, Wind Rußlands, das Herz aus dem Leib!

Andre – gebettet in nestwarme Wohnung,
Ich – nein, Äolus verweist jede Schonung:
»Zerbrechen, Werteste? Wir – ein Gespann!«
Als wäre ich wirklich nicht Frau – ein Mann…

Знаю, умру на заре! На которой из двух,
Вместе с которой из двух – не решить по заказу!
Ах, если б можно, чтоб дважды мой факел потух!
Чтоб на вечерней заре и на утренней сразу!

Пляшущим шагом прошла по земле! – Неба дочь!
С полным передником роз! – Ни ростка не наруша!
Знаю, умру на заре! – Ястребиную ночь
Бог не пошлет по мою лебединую душу!

Нежной рукой отведя нецелованный крест,
В щедрое небо рвануся за последним приветом.
Прорезь зари – и ответной улыбки прорез…
Я и в предсмертной икоте останусь поэтом!

ICH WEISS, daß ich sterben werde beim Himmelrot!
Bei welchem, mit welchem – das ist nicht auf Wunsch zu entscheiden.
Ach, käm meine Fackel löschen doch zweimal der Tod,
Beim Morgenrot und beim Abendbrot ging ich, mit beiden!

Tochter des Himmels! die das Diesseits tanzend verbracht
Mit der Schürze voll Rosen! – und ohne nur eine zu knicken!
Ich weiß, himmelrot ist mein Tod. – Keine Habichtsnacht
Auf meine Schwanenseele wird Gott mir schicken!

Sanft weise ich das Kreuz ungeküßt zurück,
In den Himmel zu stürzen, noch einmal zu grüßen den Spender.
Seinem roten Riß – eines Antwort-Lächelns Schnitt …
– Poet bleibe ich noch im letzten Röcheln vorm Ende!

# Роландов рог

Как нежный шут о злом своем уродстве,
Я повествую о своем сиротстве…

За князем – род, за серафимом – сонм,
За каждым – тысячи таких, как он,

Чтоб, пошатнувшись, – на живую стену
Упал и знал – что тысячи на смену!

Солдат – полком, бес – легионом горд,
За вором – сброд, а за шутом – всё горб.

Так, наконец, усталая держаться
Сознаньем: перст и назначеньем: драться,

Под свист глупца и мещанина смех –
Одна из всех – за всех – противу всех!

Стою и шлю, закаменев от взлёту,
Сей громкий зов в небесные пустоты.

И сей пожар в груди тому залог,
Что некий Карл тебя услышит, Рог!

## Rolands Horn

So wie der Narr von seinem Buckel spricht
Geb ich von meiner Einsamkeit Bericht.

Der Fürst hat Sippschaft, Seraph Seraphim
In jedes Rücken Tausende gleich ihm

Lebend die Wand, an der er, schwankt er, steht
Für ihn stehn Tausend, so er untergeht

Es sagt ja der Soldat: mein Bataillon
Der Dämon spricht: mein Name ist Legion

Mit seinesgleichen sitzt der Dieb im Knast
Der Narr hat hinter sich doch seinen Ast:

Und ich, da ich nun, müde, nicht mehr mag
Den Willen: steh! und die Bestimmung: schlag!

Von Allen Eine, für sie, gegen sie
Es pfeift die Dummheit, feixt die Koterie

Ich steh und sende, die zu Stein sich schuf
In leeren Himmel diesen lauten Ruf.

Brand im Gebein ist das gewisse Pfand:
Ein Karl, der hört dich, du, mein Olifant

## Маяковскому

Превыше крестов и труб,
Крещенный в огне и дыме,
Архангел-тяжелоступ –
Здорово, в веках Владимир!

Он возчик и он же конь,
Он прихоть и он же право.
Вздохнул, поплевал в ладонь:
– Держись, ломовая слава!

Певец площадных чудес –
Здорово, гордец чумазый,
Что камнем – тяжеловес
Избрал, не прельстясь алмазом.

Здорово, булыжный гром!
Зевнул, козырнул – и снова
Оглоблей гребет – крылом
Архангела ломового.

# Für Majakowski

Über der Kreuze und Schornsteine Mitte
Feuer- und rauchgetauft,
Erzengel der schweren Schritte,
Gruß über die Zeit, Wladimir!

Kutscher und Pferd in einem Lauf,
Launisch und stetig in eins,
In die Hände gespuckt mit Geschnauf:
»Kutscher Ruhm, halt fest!«

Sänger der Marktplatzwunder –
Grüß dich, stolzer Dreck
Wählt sibirischen Topas,
Gibt ihn gegen Diamant nicht weg.

Grüß dich, Kopfsteinpflaster-Donner!
Gähnt und grüßt und ruckt die Flügel –
Deichsel – Siebentonner
Kutscher-Engel.

Переселенцами –
В какой Нью-Йорк?
Вражду вселенскую
Взвалив на горб –

Ведь и медведи мы!
Ведь и татары мы!
Вшами изъедены
Идем – с пожарами!

Покамест – в долг еще!
А там, из тьмы –
Сонмы и полчища
Таких, как мы.

Полураскосая
Стальная щель.
Дикими космами
От плеч – метель.

– Во имя Господа!
Во имя Разума! –
Ведь и короста мы,
Ведь и проказа мы!

Волчьими искрами
Сквозь вьюжный мех –
Звезда российская:
Противу всех!

Отцеубийцами –
В какую дичь?
Не ошибиться бы,
Вселенский бич!

«Люд земледельческий,
Вставай с постелею!»
И вот с расстрельщиком
Бредет расстрелянный,

AUSWANDERER
In welches New York?
Allhaß
Auf den Buckel gepackt.

Ja wir Bären
Wir Tataren – auch wir
Von Läusen zerfressen
Ziehn mit dem Feuer.

Das ist immer noch Schuld,
Doch aus Finsternis
Heerscharen
Unseresgleichen

Halbschielende
Stahlschwarze Schlitze
Gesträubte Mähnen
Schneesturm

Im Namen des Herrn
Im Namen der Vernunft
Ja wir Verkrätzten
Aussätzigen – auch wir

Wolfslichter
Aus dem Winterfell
Der Russische Stern
Gegen alle und alles!

Mörder der Väter –
In welche Wildnis gehts?
Möge sie recht treffen
Die Weltgeißel

»Ackervolk
Aus dem Bett!«
Und mit dem Erschießer
Kriecht der Erschossene

И дружной папертью,
– Рвань к голытьбе:
«Мир белоскатертный!
Ужо тебе!»

Und vor dem gnädigen Kirchenportal
Ein Bettler zum Bettelvolk:
»Die weißgedeckte Welt
Gibts später!«

## Рассвет на рельсах

Покамест день не встал
С его страстями стравленными,
Из сырости и шпал
Россию восстанавливаю.

Из сырости – и свай,
Из сырости – и серости.
Покамест день не встал
И не вмешался стрелочник.

Туман еще щадит,
Еще в холсты запахнутый
Спит ломовой гранит,
Полей не видно шахматных...

Из сырости – и стай...
Еще вестями шалыми
Лжет вороная сталь –
Еще Москва за шпалами!

Так, под упорством глаз –
Владением бесплотнейшим
Какая разлилась
Россия – в три полотнища!

И – шире раскручу!
Невидимыми рельсами
По сырости пущу
Вагоны с погорельцами:

С пропавшими навек
Для Бога и людей!
(Знак: сорок человек
И восемь лошадей).

## Morgendämmerung überm Gleis

Noch eh der Tag aufsteht
In fahler Leidenschaft,
Errichte, aus Sumpf und Schwellen,
Ich Rußland aus meiner Kraft.

Aus Sumpf – und Sondenpfählen
Aus Sumpf – und Siechgrau der Welt.
Noch eh der Tag aufsteht,
Der Wärter die Weichen stellt.

Der Nebel ist noch mild.
Noch Ruhe vor den Hämmern
Hat der verhüllte Granit.
Die dunklen Schachfelder dämmern...

Aus Sumpf – und Silberschwarm...
Aus schillernden Lügenquellen
Brilliert der rabene Stahl –
Und Moskau jenseits der Schwellen!

So, unterm Starren der Augen –
Ins Körperlose geweitet –
Hat sich Rußland, schaut nur!
Dreifahnig ausgebreitet.

Und ich entrolls noch mehr:
Auf unsichtbaren Gleisen
Lasse ich, über den Sumpf,
Waggons mit Gebrannten reisen:

Mit den für immer Verbannten,
Für Gott, die ganze Erde!
(Ihr Signum: Vierzig Mann
Und acht – acht Pferde.)

Так, посредине шпал,
Где даль шлагбаумом выросла,
Из сырости и шпал,
Из сырости – и сирости,

Покамест день не встал
С его страстями стравленными –
Во всю горизонталь
Россию восстанавливаю!

Без низости, без лжи:
Даль – да две рельсы синие…
Эй, вот она! – Держи!
По линиям, по линиям…

So, umstellt von Schwellen,
Salutiert die Schranke der Ferne.
Aus Sumpf und Eichenschwellen,
Aus Sumpf – und Suchlaterne;

Noch eh der Tag aufsteht
In fahler Leidenschaft,
Errichte – am Horizont,
Ich Rußland aus meiner Kraft!

Ohne Niedrigkeit, ohne Falsch:
Zwei Linien, die ins Ferne weisen…
Da ist es, he! – Halt fest!
Auf den Gleisen, auf den Gleisen…

# Поэт

1

Поэт – издалека заводит речь.
Поэта – далеко заводит речь.

Планетами, приметами… окольных
Притч рытвинами… Между *да* и *нет*
Он, даже разлетевшись с колокольни,
Крюк выморочит… Ибо путь комет –

Поэтов путь. Развеянные звенья
Причинности – вот связь его! Кверх лбом –
Отчаятесь! Поэтовы затменья
Не предугаданы календарем.

Он тот, кто смешивает карты,
Обманывает вес и счет,
Он тот, кто *спрашивает* с парты,
Кто Канта наголову бьет.

Кто в каменном гробу Бастилий
Как дерево в своей красе…
Тот, чьи следы – всегда простыли,
Тот поезд, на который все
Опаздывают…
– ибо путь комет –

Поэтов путь: жжя, а не согревая,
Рвя, а не взращивая – взрыв и взлом, –
Твоя стезя, гривастая кривая,
Не предугадана календарем!

# Der Dichter

1

Poet – aus Fernen führt er her die Rede.
Poet – die Rede führt ihn fort in Fernen.

Planetenschrift, der Zeichen Drift – mäandernd
die Gleichnis-Landfahrt... leugnend Ja und Nein –
vom Glockenturm sich schlagend – springt des andern
Tons Wendung er... Kometen-Flug heißt sein

Spazierpfad. Glieder, aus der Reih gerissen
der Gründe, heißt – verbunden! Blickt empor,
verzweifelt! Seiner Sonnen Finsternisse
sieht kein prognostischer Kalender vor.

Er ist's, der durcheinanderwirft die Karten,
er, der Gewicht und Zählung fälscht und Geld,
er ist's, der aus der *Schulbank* Fragen startet,
der Kant aufs Haupt schlägt, auf den Kopf ihn stellt.

In Kerker eingesargt, entfaltet
baum-schön des Baumes Bildnis er...
er, dessen Spuren immer kalt sind,
er ist der Zug, der abfährt, leer,
den jedermann versäumt...

Kometen-Flug,
Poeten-Flug: er brennt, doch ohne Wärme,
pflückt ab, doch zieht nicht auf – er sprengt, bricht ein!
Die Bahn, gekrümmt, geschweift, Poet, dein Schwärmen
trägt kein prognostischer Kalender ein!

2

Есть в мире лишние, добавочные,
Не вписанные в окоем.
(Не числящимся в ваших справочниках,
Им свалочная яма – дом.)

Есть в мире полые, затолканные,
Немотствующие: – навоз,
Гвоздь – вашему подолу шелковому!
Грязь брезгует из-под колес!

Есть в мире мнимые – невидимые:
(Знак: лепрозариумов крап!)
Есть в мире Иовы, что Иову
Завидовали бы – когда б:

Поэты мы – и в рифму с париями,
Но, выступив из берегов,
Мы бога у богинь оспариваем
И девственницу у богов!

3

Что же мне делать, слепцу и пасынку,
В мире, где каждый и отч и зряч,
Где по анафемам, как по насыпям,
Страсти! – Где насморком
Назван – плач!

Что же мне делать, ребром и промыслом
Певчей! – Как провод! загар! Сибирь!
По наважденьям своим – как по мосту!
С их невесомостью
В мире гирь.

2

Sie sind, die übrig sind, erläßlich
(und der Gesichtskreis schließt sie aus),
nicht aufzählbar für euer Welt-Adreßbuch;
Das Abfalloch ist ihnen – Haus.

Sie sind die nackt Gebliebenen, Verjagten,
stumm euch wie Mist, und wortlos – Vieh,
sind eurem seidenen Saum – ein Nagel!
Den Räderwurfdreck ekeln sie.

Sie treten in den Schein, nicht in Erscheinung.
(Ihr Signum: Lepraschuppen, Grind!)
Die Welt hat Hiobs, die des armen einen
Jobs arme Neider sind:

Poeten – wir –, auf Parias das Reimwort!
Und über ihre Ufer-Wand
aufsteigend: Gott den Göttinnen entreißen!
Die Jungfrau aus der Götter Hand!

3

Sagt schon, was bleibt mir Stiefbalg und Blinden
In einer Welt, die Augen und Väter bescheint,
Wo über Flüche, wie Straßen, hinweggeht
Das Grauen! Erkältet gilt, der weint!

Sagt schon, was bleibt durch Rippe und Schicksal!
Sängerin! Wie Trunksucht! Sibirien! Brand!
Brücken sind meine Gesichte! Gewichtlos,
wo Wägstücke lauern in jeder Hand.

Что же мне делать, певцу и первенцу,
В мире, где наичернейший – сер!
Где вдохновенье хранят, как в термосе!
С этой безмерностью
В мире мер?!

Sagt schon, was bleibt mir Sängerin und Ersten
In einer Welt, die grau das Schwarze vergaß!
Wo Einfälle in Thermosflaschen krepieren!
Maßlosigkeit in einer Welt nach Maß?!

## Поэма заставы

А покамест пустыня славы
Не засыпет мои уста,
Буду петь мосты и заставы,
Буду петь простые места.

А покамест еще в тенётах
Не увязла – людских кривизн,
Буду брать – труднейшую ноту,
Буду петь – последнюю жизнь!

Жалобу труб.
Рай огородов.
Заступ и зуб.
Чуб безбородых.

День без числа.
Верба зачахла.
Жизнь без чехла:
Кровью запахло!

Потных и плотных,
Потных и тощих:
– Ну да на площадь?! –
Как на полотнах –

Как на полотнах
Только – и в одах:
Рев безработных,
Рев безбородых.

Ад? – Да,
Но и сад – для
Баб и солдат,
Старых собак,
Малых ребят…

# Vorstadtpoem

Solange nicht in der Ödnis des Ruhms
Die Lippen verdorren und die Worte
Werd ich besingen Vorstadt-Brücken, Plätze,
Werd ich besingen einfache Orte.

Solang ich nicht im Netz gefangen
Und mich zu beugen nicht geschafft
Werd ich besingen das innerste Leben,
Werde ich nehmen die äußerste Kraft.

Der Schornsteine Klagen.
Das In-Gärten-Hocken.
Die Spaten und Zähne.
Der Geschorenen Locken.

Die Weide verkümmert.
Das Leben ohne Schonbelag.
Hier riecht es nach Blut.
Ohne Datum der Tag.

Schwitzend und dick
Schwitzend und dünn!
Wie auf Gemälden:
»Nun ja, wir sind drin.«

Wie auf Gemälden,
Gebrüll der Gebornen,
Oder in Hymnen,
Gebrüll der Geschornen.

Höllenkreis, ja –
Und Gartenrunde,
Für Fraun und Soldaten,
Kinder,
Hunde.

«Рай – с драками?
Без – раковин
От устриц?
Без люстры?
С заплатами?!»

– Зря плакали:
У всякого –
Свой.

Здесь страсти поджары и ржавы
Держав динамит!
Здесь часто бывают пожары:
Застава горит!

Здесь ненависть оптом и скопом:
Расправ пулемет!
Здесь часто бывают потопы:
Застава плывет!

Здесь плачут, здесь звоном и воем
Рассветная тишь.
Здесь отрочества под конвоем
Щебечут: шалишь!

Здесь платят! Здесь – Богом и Чертом,
Горбом и торбой!
Здесь молодости, как над мертвым,
Поют над собой.

Здесь матери, дитя заспав…
– Мосты, пески, кресты застав! –

Здесь, младшую купцу пропив,
Отцы…
               Кусты, кресты крапив…

– Пусти.
– Прости.

»Paradies mit Fäustepumpen?
Keine Austern –
Keine Schalen?
Keine Kronleuchter,
Aber Lumpen?!«

Umsonst geweint:
Jedem –
Das Seine.

Leidenschaft auf Rost gebraten
Und Dynamit in der Hand.
Die Vorstadt brennt!
Hier steht vieles in Brand!

Hier gibts Haß, groß und ganz.
Die Schußlinie stimmt!
Hier gibts Überschwemmung.
Die Vorstadt schwimmt!

Morgendämmernde Stille.
Hier weint und heult es mit Gesang,
Hier gehn die Jungen: »So siehst du aus!«
Mit ihren Bewachern entlang.

Hier zahlt man mit Gott und Teufel,
Mit Futtersack, Buckel und Knoten.
Hier singt die Jugend über sich selbst
Wie über einen Toten.

Hier gibts Mütter, die ihr Kind im Schlaf ersticken.
Brücken, Sandbänke, Schlagbaumkreuze.

Hier gibts Väter, die ihr Kind an den Kaufmann vertrinken
Sträucher, Brennesselkreuze –
– laß mich frei!
– verzeih.

## Занавес

Водопадами занавеса, как пеной –
Хвоей – пламенем – прошумя.
Нету тайны у занавеса от сцены:
(Сцена – ты, занавес – я).

Сновиденными зарослями (в высоком
Зале – оторопь разлилась)
Я скрываю героя в борьбе с Роком,
Место действия – и – час.

Водопадными радугами, обвалом
Лавра (вверился же! знал!)
Я тебя загораживаю от зала,
(Завораживаю – зал!)

Тайна занавеса! Сновиденным лесом
Сонных снадобий, трав, зёрн …
(За уже содрогающейся завесой
Ход трагедии – как – шторм!)

Ложи, в слезы! В набат, ярус!
Срок, исполнься! Герой, будь!
Ходит занавес – как – парус,
Ходит занавес – как – грудь.

Из последнего сердца тебя, о недра,
Загораживаю. – Взрыв!
Над ужа – ленною – Федрой
Взвился занавес – как – гриф.

Нате! Рвите! Глядите! Течет, не так ли
Заготавливайте – чан!
Я державную рану отдам до капли!
(Зритель бел, занавес рдян).

## Der Vorhang

Gleich des Vorhangs Wasserfällen, der wie Schäumen –
Tannenrauschen – Flammenlodern – spricht.
Vor der Bühne – hat der Vorhang kein Geheimnis:
(Die Bühne – du, der Vorhang – ich.)

Dem Schilfdickicht, geträumtem, gleich, ein Rückhalt
(Die Flut des hohen Saals – Betroffenheit)
Verberge ich den Helden im Kampf mit dem Schicksal,
Den Ort der Handlung – und – die Zeit.

Gleich den Regenbögen seines Wassers, der Lawine
Lorbeer (hat vertraut ja! – schon gewußt!)
Raube – hegend – deinen Raum ich – ihnen,
(Zaubere des Saales – Lust!)

Das Geheimnis des Vorhangs! Traumgesichtigen Waldes
Schlaf-Mittel, -kraut, -korn.
(Hinter schon erschauernden Falten
stürmt die Tragödie – wie – Zorn!)

Tränen – Logen! Rang – Alarm, Glockenschlegel!
Zeit, erfülle dich! Sei, Held, wer du bist!
(Der Vorhang geht – wie – ein Segel,
Der Vorhang wogt – wie – die Brust.)

Oh, du, Innerstes! – noch aus letztem Herzen
Umhege ich dich. – Explosion! –
Über Phädras – Natternbiß –! Schmerzen
Stieg – wie – ein Greif – er schon.

Da! Reißt – schaut! es fließt, nicht wahr? euer Opfer!
Bei der Hand mit dem Schaff – für das Blut!
Die erhabene Wunde fort geb ich bis auf den Tropfen.
(Des Zuschauers – Weiß. Des Vorhangs – Rot.)

И тогда, сострадательным покрывалом
Долу, знаменем прошумя.
Нету тайны у занавеса – от зала.
(Зала – жизнь, занавес – я).

Und dann – der Decke Mitleid mit dem Leiden,
Senkt – ein Bannerrauschen – sich.
Vor dem Saal – hat der Vorhang kein Geheimnis.
(Des Saales Leben, der Vorhang – ich.)

## Клинок

Между нами – клинок двуострый
Присягнувши – и в мыслях класть…
Но бывают – страстные сестры!
Но бывает – братская страсть!

Но бывает такая примесь
Прерий в ветре и бездны в губ
Дуновении… Меч, храни нас
От бессмертных душ наших двух!

Меч, терзай нас и, меч, пронзай нас,
Меч, казни нас, но, меч, знай,
Что бывает такая крайность
Правды, крыши такой край…

Двусторонний клинок – рознит?
Он же сводит! Прорвав плащ,
Так своди же нас, страж грозный,
Рана в рану и хрящ в хрящ!

(Слушай! если звезда, срываясь…
Не по воле дитя с ладьи
В море падает… Острова есть,
Острова для любой любви…)

Двусторонний клинок, синим
Ливший, красным пойдет… Меч
Двусторонний – в себя вдвинем.
Это будет – лучшее лечь!

Это будет – братская рана!
Так, под звездами, и ни в чем
Не повинные… Точно два мы
Брата, спаянные мечом!

## Die Klinge

Zwischen uns – die Doppelklinge,
Treueschneide – auch im Geist …
Aber der Bruder, herzbezwingend?
Und die Bezaubrung, die Schwester heißt?

Und untrennbar doch erfahren
Prärien im Wind und den Abgrund im Hauch
Der Lippen … Vor unseren Seelen bewahr uns,
Schwert, den unsterblichen beiden, auch!

Schwert, setz uns zu, und, Schwert, durchdring uns,
Richte uns, Schwert, aber, Schwert, hab acht:
Es gibt – wie Land – jene letzte Schwingung
Der Wahrheit doch, jenen Rand unseres Dachs …

Zwei Seiten geschärft – und schneidet?
Es vereint! Zerreiß, Schwert, das Kleid,
Und, Wunde zu Wunde, Bein zu Beine,
Zueinander uns, drohender Wächter, befreit!

(Hör! stürzt vom Himmel ein Stern, sich entbindend …
Fällt vom Nachen, ohne es zu wollen, das Kind
In das Meer … daß da, hör, Inseln –
Für jederlei Liebe – Inseln sind …)

Zweischneidig, und zwei Seiten schneidend,
Rot wird es ziehn – deines Stahls Violett,
Denn, daß es schneide – wir werden es leiden.
So wird sein – ein besseres Bett!

So wird sein – eine brüderliche Wunde!
So, unter den Sternen, und es währt
Keine Schuld … So sind wir, im Eigenen verbunden –
Brüdern gleich dank der Lötnaht Schwert.

## Пражский рыцарь

Бледно – лицый
Страж над плеском века –
Рыцарь, рыцарь,
Стерегущий реку.

(О найду ль в ней
Мир от губ и рук?!)
Ка – ра – ульный
На посту разлук.

Клятвы, кольца…
Да, но камнем в реку
Нас-то – сколько
За четыре века!

В воду пропуск
Вольный. Розам – цвесть!
Бросил – брошусь!
Вот тебе и месть!

Не устанем
Мы – доколе страсть есть!
Мстить мостами.
Широко расправьтесь,

Крылья! В тину,
В пену – как в парчу!
Мосто – вины
Нынче не плачу!

– «С рокового мосту
Вниз – отважься!»
Я тебе по росту,
Рыцарь пражский.

## Prager Ritter

Blaß-gesichtig
Wächter überm Zeitfluß,
Ritter, Ritter,
Der beschützt ein Gleiten.

(Find im Fluß ich
Vor Händen und Lippen Ruh?!)
Vor dem Schluß stehst
Still als Schutzmann du.

Schwüre, Ringe …
Und ins Wasser schlagen.
Wieviel Sprünge
Seit vierhundert Jahren.

Freier Eintritt
Jedem. Rosen, blüht!
Stein – dir Stein! – ich,
Der ins Flußbett flieht.

Nicht ermüden
Wir, solang wir leiden.
Rächt uns, Brücken!
Schwingt euch auf, gebreitet,

Flügel! Schaumwärts,
In den Tang-Brokat!
Brücken-Zollgeld
Wird heut nicht gezahlt.

Brücke in den Abgrund.
Wags! Betritt sie!
Dir bin ich gewachsen,
Prager Ritter.

Сласть ли, грусть ли
В ней – тебе видней,
Рыцарь, стерегущий
Реку – дней.

Ist ein Trost, ist Trauer
Unten? Du weißt mehr,
Ritter, als der Dauer
Wart und Wehr.

## Поезд

Не штык – так клык, так сугроб, так шквал. –
В Бессмертье что час – то поезд!
Пришла и знала одно: вокзал.
Раскладываться не стоит.

На всех, на всё – равнодушьем глаз,
Которым конец – исконность.
О, как естественно в третий класс
Из душности дамских комнат!

Где от котлет разогретых, щек
Остывших… – Нельзя ли дальше,
Душа? Хотя бы в фонарный сток –
От этой фатальной фальши:

  Папильоток, пеленок,
  Щипцов каленых,
  Волос паленых,
  Чепцов, клеенок.
  О – де – ко – лонов
  Семейных, швейных
  Счастий (kleinwenig!)
  Взят ли кофейник?…
  Сушек, подушек, матрон, нянь,
  Душности бонн, бань.

Не хочу в этом коробе женских тел
Ждать смертного часа!
Я хочу, чтобы поезд и пил и пел:
Смерть – тоже вне класса!

В удаль, в одурь, в гармошку, в надсад, в тщету!
– Эти нехристи и льнут же! –
Чтоб какой-нибудь странник: «*На тем свету…*»
Не дождавшись, скажу: лучше!…

## Eisenbahnzug

Nicht Bajonett, – dann Stoßzahn, Schneewehe, Wind.
Zug: Unsterblichkeit, eine Stunde schon.
Ankommen und wissen eins: Station,
Auspacken lohnt nicht.

Auf alles und alles mit gleichgültigen Augen,
Die sehen: Ende und Amen
Aus dem schwülen Warteraum für Damen
Ganz selbstverständlich: Dritter Klasse.

Bei gewärmten Koteletts, erkalteten Backen –
Seele, weiter gehts lieber nicht.
Vielleicht in dem Aufriß von einem Licht
Dieser fatalen Fälschung:

   Lockenwickler, Kinderwindeln
   Angebrannte Prachtfrisuren
   Häubchen Tücher Utensilien
   Kölnisch Wasser und Tinkturen
   Nähstuben- und Familien-
   (kleinwenig!)-glück
   Kommt auch die Kaffeekanne mit?
   Greisinnen Kissen Kuchenstück
   Ammen Bonnen Badewanne ...

Ich will nicht in einer Schachtel Frauenleiber
Warten müssen auf die Todesstunde,
Will daß der Zug singt, trinkt seine Runde:
Auch Tod ist außerhalb der Klasse.

Verwegenheit, Betäubung, Sinnlosigkeit, Harmonika,
– diese Gottlosen schmiegen sich auch noch an!! –
Daß irgend so ein Pilger: »Im Himmel dann ...«
Ohne abzuwarten sage ich: Besser!

Площадка. – И шпалы. – И крайний куст
В руке. – Отпускаю. – Поздно
Держаться. – Шпалы. – От стольких уст
Устала. – Гляжу на звезды.

Так через радугу всех планет
Пропавших – считал-то кто их? –
Гляжу и вижу одно: конец.
Раскаиваться не стоит.

Bahnsteig, Schwellen, den Strauch an der Böschung
Fest in der Hand. – Laß los, laß dich fallen.
Schwellen, so viele Lippen, von allen
Müde. Ich sehe die Sterne an.

So durch Regenbogen aller Planeten,
Die verschwanden. Hat sie einer gezählt?
Aufschaun und sieh eines: Ende.
Bereuen lohnt nicht.

## Попытка ревности

Как живется вам с другою, –
Проще ведь? – Удар весла! –
Линией береговою
Скоро ль память отошла

Обо мне, плавучем острове
(По небу – не по водам!)
Души, души! быть вам сестрами,
Не любовницами – вам!

Как живется вам с *простою*
Женщиною? *Без* божеств?
Государыню с престола
Свергши (с оного сошед),

Как живется вам – хлопочется –
Ежится? Встается – как?
С пошлиной бессмертной пошлости
Как справляетесь, бедняк?

«Судорог да перебоев –
Хватит! Дом себе найму».
Как живется вам с любою –
Избранному моему!

Свойственнее и съедобнее –
Снедь? Приестся – не пеняй…
Как живется вам с подобием –
Вам, поправшему Синай!

Как живется вам с чужою,
Здешнею? Ребром – люба?
Стыд Зевесовой вожжою
Не охлестывает лба?

# Versuch einer Eifersucht

Und wie lebt sichs mit der andern –
Leichter doch? Ein Ruderschlag –
Und als Uferlinie schwand
Eilig die Erinnerung an

Mich, die fern schwimmende Insel
(Über den Himmel – nicht auf dem Fluß)!
Seelen, Seelen! – Nicht Geliebte.
Schwestern werden sollt ihr nun!

Und wie lebt es sich bei einer
*Einfachen?* Der Götter los?
Da vom Thron die Herrscherin
Ist gestürzt (sie ließ den Thron) –

Wie lebt es sich – und läuft im Haushalt –
Fröstelt sichs? Wie steht sichs auf?
Mit dem Zoll unsterblicher Plattheit –
Wie, Ärmster, kommen Sie so aus?

Stockungen, das Herz, und Krämpfe –
Schluß! Ich miete mir ein Haus.
Wie lebt sichs meinem Auserwählten
Jetzt mit einer Dutzendbraut?

Eßbarer und mehr bekömmlich
Ist die Kost? Beschwer dich nicht ...
Wie lebt sichs mit einem Abbild
Für Sie, der Sinai verriet?

Wie lebt sichs mit einer Fremden
Hiesigen? Schmeckt ihre Rippe?
Peitscht die Scham als Götterzügel
Nicht mit Feuer Ihre Stirn?

Как живется вам – здоровится –
Можется? Поется – как?
С язвою бессмертной совести
Как справляетесь, бедняк?

Как живется вам с товаром
Рыночным? Оброк – крутой?
После мраморов Каррары
Как живется вам с трухой

Гипсовой? (Из глыбы высечен
Бог – и начисто разбит!)
Как живется вам с сто-тысячной –
Вам, познавшему Лилит!

Рыночною новизною
Сыты ли? К волшбам остыв,
Как живется вам с земною
Женщиною, без шестых

Чувств?
                    Ну, за голову: счастливы?
Нет? В провале без глубин –
Как живется, милый? Тяжче ли,
Так же ли, как мне с другим?

Kurz, wie lebt sichs – und wie ist es –
Wie gehts wie stehts? Wie singt sichs? Schlecht?
Mit der Schwäre des Gewissens –
Wie, Ärmster, kommen Sie zurecht?

Und wie lebt sichs mit der Ware,
Die vom Markt kommt? Drückt der Zins?
Nach dem Marmor von Carrara –
Wie lebt sichs mit dem Mulm aus Gips

(Ganz aus einem Fels gehauen
Ist ein Gott – und glatt zerschlagen!)
Wie gehts mit einer wie hunderttausend
Für Sie, der Sie bei Lilith lagen?

Von der Marktneuheit nun, sind Sie
Satt? Für Zaubereien blind –
Lebt es sich mit einem irdischen
Weibchen *ohne* sechsten Sinn?

Auf den Kopf jetzt: sind Sie glücklich?
Nicht? In Ihrer glatten Spalte –
Lebt sichs Lieber? Schwerer, wie?
Wie für mich mit einem anderen?

# Сон

1

Врылась, забылась – и вот как с тысяче-
футовой лестницы без перил.
С хищностью следователя и сыщика
Все мои тайны – сон перерыл.

Сопки – казалось бы, прочно замерли –
Не доверяйте смертям страстей!
Зорко – как следователь по камере
Сердца – расхаживает Морфей.

Вы! Собирательное убожество!
Не обрывающиеся с крыш!
Знали бы, как, на перинах лёжачи,
Преображаешься и паришь!

Рухаешь! Как скорлупою треснувшей
Одр с его грузом мужей и жен.
Зорко – как летчик над вражьей местностью
Спящею – над душою сон.

Тело, что все свои двери заперло –
Тщетно! – Уж ядра поют вдоль жил.
С точностью сбирра и оператора
Все мои раны – сон перерыл!

Вскрыта! Ни щелки в райке, под куполом,
Где бы укрыться от вещих глаз
Собственных. Духовником подкупленным
Все мои тайны – сон перетряс!

## Traum

1

Vergraben, vergessen – und hinab die Leiter
Geländerlos im leeren Raum.
Gierig, Untersuchungsrichter, Detektiv –
All mein Geheimnis durchwühlt der Traum.

Traut nicht den Toden der Leidenschaften!
Vulkane kühlten, so scheint es, für immer ab.
Als hellsichtiger Untersuchungsrichter
Geht Morpheus die Herzkammern auf und ab.

Ihr! Gehäufte Armseligkeiten!
Die ihr nicht von den Dächern fallt!
Was wißt ihr, wie man auf Federbetten
Liegt, schwebend, ungeballt!

Hinab! Wie aus der Schale geplatzt,
Das Leben, beschwert mit Männern und Frauen.
Wachsam, ein Flieger über Feindesgebiet,
Das schläft, über den Seelen der Traum.

Ein Polizist, so genau, oder ein Chirurg.
Vergebens hat der Leib seine Tore verschlossen.
Meine Wunden, aufgerissen vom Traum
Und die Kugeln die Adern entlanggeschossen.

Bloßgelegt! Und kein Spalt im Paradies
Der Kuppel, wo man verborgen lebt
Den eigenen weisen Augen. Als Beichtvater, bestochen,
All mein Geheimnis hat der Traum durchlebt.

2

В мозгу ухаб пролёжан –
Три века до весны!
В постель иду, как в ложу:
Затем, чтоб видеть сны:

Сновидеть: рай Давидов
Зреть и Ахиллов шлем
Священный, – стен не видеть!
В постель иду – затем.

Разведены с Мартыном
Задекою – не все!
Не доверяй перинам:
С сугробами в родстве!

Занежат, – лести женской
Пух, рук и ног захват.
Как женщина младенца
Трехдневного – заспят.

Спать! Потолок, как короб,
Спять! Синевой запить!
В постель иду, – как в прорубь:
Вас – не себя топить!

Заокеанских тропик
Прель, Индостана – ил…
В постель иду – как в пропасть:
Перины – *без* перил!

2

Ein Loch taut durchs Gehirn
Jahrhunderte bis in den März
Ich geh ins Bett wie in die Loge,
Träume sehn.

Träume, Davids Paradiese
Achilleus heiligen Helm
Nicht die Wände, die Wände nicht sehn,
Geh ich ins Bett

Nicht jeder ist getrennt
Von Martyn Sadeka
Trau nicht den Federbetten, falsch sind sie
Schneewehen

Wie weibliche Liebkosung
Umschmiegt der Flaum Arme, Beine
Wie das Weib, das den Säugling
Einwiegt

Schlafen, die Zimmerdecke
Aufklappen, Himmelsblau trinken
Ins Bett tauchen, ins Eisloch
Euch ertränken, nicht mich

Über die Ozeane
Tropenfäulnis, indischer Schlamm
Ins Bett sinken, ins Verschollensein
Federbetten sind *ohne* Geländer.

Рас-стояние: версты, мили…
Нас рас-ставили, рас-садили,
Чтобы тихо себя вели
По двум разным концам земли.

Рас-стояние: версты, дали…
Нас расклеили, распаяли,
В две руки развели, распяв,
И не знали, что это – сплав

Вдохновений и сухожилий…
Не рассóрили – рассори́ли,
Расслоили…
Стена да ров,
Расселили нас как орлов –

Заговорщиков: версты, дали…
Не расстроили – растеряли.
По трущобам земных широт
Рассовали нас как сирот.

Который уж, ну который – март?!
Разбили нас – как колоду карт!

AB-STAND, weit-ab: Werste, Meilen ...
Ab-getrennt, aus-gesetzt, zwei zu teilen:
Daß jeder stille hält
An seinem Ende der Welt.

Ab-stand, Ab-seits: Werste, Weiten ...
Abgelötet, -geleimt, in entzweite
Zwei Hände – am Kreuz – abgezweigt,
Als wüßten sie nicht, wie das zeugt,

Den Sehnen Begeisterung schenkt ...
Abtrünnig nicht – abgedrängt,
Abgegrenzt ...
                Mauer und Graben.
Auseinandergesprengt wie die Adler –

Verschwörer: Werste und Weiten ...
Abgezwängte, verlorene Seiten.
In die Asyle erdbreitenweit
Haben sie uns, wie Waisen, verstreut.

Am wievielten März – na, an welchem, wie?
Einem Kartenspiel gleich uns aus warfen sie.

Тише, хвала!
Дверью не хлопать,
Слава!
        Стола
Угол – и локоть.

Сутолочь, стоп!
Сердце, уймись!
Локоть – и лоб.
Локоть – и мысль.

Юность – любить,
Старость – погреться:
Некогда – *быть*,
Некуда деться.

Хоть бы закут –
Только без прочих!
Краны – текут,
Стулья – грохочут,

Рты говорят:
Кашей во рту
Благодарят
«За красоту».

Знали бы вы,
Ближний и дальний,
Как головы
Собственной жаль мне –

Бога в орде!
Степь – каземат –
Рай – это где
*Не* говорят!

LEISER MIT LOB,
Tür nicht schmeißen!
Ellenbogen auf die Kante,
Das wird Ruhm geheißen.

Halt, Gedränge,
Herz, ganz ruhig klopf!
Ellenbogen und Gedanke,
Ellenbogen und ein Kopf.

Alte, die sich wärmen,
Junge, die sich lieben,
Keine Zeit zum Sein
Nur so dageblieben.

Ganz für mich allein
Eine Ecke auszuharren,
Und die Hähne tropfen
Und die Stühle knarren.

Und die Münder sprechen,
Mund mit Grütze drin
»Dank!
Für den Kunstgewinn.«

Fernste, Nächste,
Was ihr gottseidank nicht wißt,
Daß es mir um meinen
Und um meinen Kopf nur ist.

Gott der Horde!
Steppe, Wüste, Knast,
Paradies ist dort
Wo man sich in Schweigen faßt.

Юбочник – скот –
Лавочник – частность!
Богом мне – тот
Будет, кто даст мне

– Не времени!
Дни сочтены! –
Для тишины –
Четыре стены.

Wüstlinge, Viecher,
Krämer, Eigentümer
Der ist mein Gott,
Der mir gibt

(Keine Zeit mehr,
Die Tage gehn zu Ende),
Der mir *das* eine gibt:
Stille der vier Wände.

Выстрел – в самую душу,
Как только что по врагам.
Богоборцем разрушен
Сегодня последний храм.

Еще раз не-осекся,
И, в точку попав – усоп.
*Было* стало-быть сердце,
Коль выстрелу следом – стоп.

(Зарубежье, встречаясь:
«Ну, казус! Каков фугас!
Значит – тоже сердца есть?
И с той же, что и у нас?»)

Выстрел – в самую точку,
Как в ярмарочную цель.
(Часто – левую мочку
Отбривши – с женой в постель.)

Молодец! Не прошибся!
А женщины ради – что ж!
И Елену паршивкой
– Подумавши – назовешь.

Лишь одним, зато знатно,
Нас лефовец удивил:
Только вправо и знавший
Палить-то, а тут – слевил.

Кабы в правую – свёрк бы
Ланцетик – и здрав ваш шеф.
Выстрел в *левую* створку:
Ну в самый-те Центропев!

DER SCHUSS – gezielt in die Seele,
Als wäre sie ein Feind.
Der Heide zerfetzte die Kehle
Des letzten Götterheims.

Noch einmal brillierte er.
Ins Schwarze – und entschlief.
Also doch ein Herz,
Wenn drüber nichts mehr lief.

(Bei Treffen – Ausländerscherze:
»Teufel noch mal! Bombending!
So, haben die auch Herzen,
Und genau wie wir, links?«)

Der Schuß – gezielt ins Schwarze
Wie in ein Jahrmarktsbrett.
(Blessiert den Ohrenrand
Und dann die Frau ins Bett.)

Solch Schütze! Nicht daneben.
Und wenn frauenhalber – was machts.
Noch Helena, bei Licht besehen,
Geriet als Schlampe in Betracht.

Mit einem nur, dafür gehörig,
Hat der LEF-Mann uns bekehrt:
Der nur nach rechts zu röhren
Wußte, hat die Linke sich versehrt.

Wär rechts es gewesen – zügig
Skalpell: gesund der Mann.
Der Schuß – in den linken Flügel:
Den Sitz von »Zentralgesang«.

## Стихи к сыну

1

Ни к городу и ни к селу –
Езжай, мой сын, в свою страну, –
В край – всем краям наоборот! –
Куда *назад* идти – *бперед*
Идти, особенно – тебе,
Руси не видывавшее

Дитя мое… Мое? *Ее* –
Дитя! То самое былье,
Которым порастает быль.
Землицу, стершуюся в пыль, –
Ужель ребенку в колыбель
Нести в трясущихся горстях:
– «Русь – этот прах, чти – этот прах!»

От неиспытанных утрат –
Иди – куда глаза глядят!
Всех стран – глаза, со всей земли –
Глаза, и синие твои
Глаза, в которые гляжусь:
В глаза, глядящие на Русь.

Да не поклонимся словам!
Русь – прадедам, Россия – нам,
Вам – просветители пещер –
Призывное: СССР, –
Не менее во тьме небес
Призывное, чем: SOS.

*Нас* родина не позовет!
Езжай, мой сын, домой – вперед –
В *свой* край, в *свой* век, в *свой* час, –
                                        от нас –

## Strophen an den Sohn

1

Egal wohin, nicht Stadt noch Dorf –
Fahr du, Sohn, in dein Land
(Ins aller Länder Gegenland!) –
Wohin zurück, zurückgehn – vor-
Wärts heißts gehn für dich, du hast
Die Rusj noch nie gesehn, du sahst –
Was, mein Kind, sahst du …
                                        Meins? *ihr* Kind,
Ihr Kind … nichts anderes als das Gras,
Mit dem Gewesenen sich bewächst.
Erdreich, zu Staub zerrieben, blaß –
Vielleicht dem Kind zur Wiege das
Auf Händen tragen, zitternd, taub:
»Dies ist – die Rusj, ehr diesen Staub!«

Von was dir nie Verlust war, geh.
Geh, Sohn, wohin die Augen sehn,
Aller-Länder-Augen, aller Welt
Augen, und deine! blau, ein Zelt
(Augen, in denen ich mich seh),
Augen, die sehn: die Rusj. Die Rusj.

Neigen wir uns nicht vor Namen. Rusj –
Die Rusj den Alten, Rußland uns,
Euch, Aufklärer der Höhlen, der
Ruf wie ein Ruf: SSSR!
Nicht leiser rufend als ins Netz
des Himmels aufruft: SOS.

Uns ruft die Heimat nicht. Mein Sohn,
Du fahr, fahr zu! fahr vorwärts – heim
In dein Land, dein Jahrhundert, deine Stunde,

В Россию – вас, в Россию – масс,
В *наш*-час – страну! в *сей*-час – страну!
В на-Марс – страну! в без-нас – страну!

2

Наша совесть – не ваша совесть!
Полно! – Вольно! – О всем забыв,
Дети, сами пишите повесть
Дней своих и страстей своих.

Соляное семейство Лота –
Вот семейственный ваш альбом!
Дети! Сами сводите счеты
С выдаваемым за Содом –

Градом. С братом своим не дравшись –
Дело чисто твое, кудряш!
*Ваш* край, *ваш* век, *ваш* день, *ваш* час,
*Наш* грех, *наш* крест, *наш* спор, *наш* –

Гнев. В сиротские пелеринки
Облаченные отродясь –
Перестаньте справлять поминки
По Эдему, в котором вас

*Не* было! по плодам – и видом
Не видали! Поймите: слеп –
Вас ведущий на панихиду
По народу, который хлеб

Ест, и вам его даст, – как скоро
Из Мёдона – да на Кубань.
Наша ссора – не ваша ссора!
Дети! Сами творите брань

Дней своих.

In deins! ins aller-Rußland! weg von uns.
Ins Unsre-Zeit-Land! ins Jetzt-eben-Land!
Ins Auf-dem-Mars-Land! ins Land-ohne-uns!

2

Unsers – ist nicht euer Gewissen.
Schluß jetzt! Rührt euch! Schreibt
(Und alles vergessen!) selbst die Geschichte
eurer Tage und Leidenschaften.

Lots steinerne Sippe, salzen und gelb,
Das ist euer Familienalbum!
Kinder! macht eure Rechnung selber
Mit der nun für Sodom gehaltenen

Stadt. Du schlugst deinen Bruder nicht,
Deine Sache ist sauber, mein Junge!
Euer Land, eure Zeit, euer Licht –
Unser Kreuz, unser Streit, unsere Schuld, unser

Zorn. Die ihr mit Waisenkitteln
Seit eurer Geburt bekleidet seid –
Hört auf, Totenfeiern zu richten
Für das Land Eden, in dem von euch

Keiner war! Von den Früchten keinen
Schimmer habt ihr gesehn! Begreift: blind
Ist, der euch auf Trauerfeiern
Fürs Volk führt, das Brot ißt, Kind:

Und euch davon gibt, wenn ihr – wie leicht –
Meudon verlaßt, und auf zum Kuban!
Unser Streit – ist nicht euer Streit!
Hör mich, Sohn: kämpft selber den Kampf

Eurer Tage.

3

Не быть тебе нулем
Из молодых – да вредным!
Ни медным королем,
Ни попросту – спортсмедным

Лбом, ни слепцом путей,
Коптителем кают,
Ни парой челюстей,
Которые жуют, –

В *сем* полагая цель.
Ибо в любую щель –
Я – с моим ветром буйным!
Не быть тебе буржуем.

Ни галльским петухом,
Хвост заложившим в банке,
Ни томным женихом
Седой американки, –

Нет, ни одним из тех,
Дописанных, как лист.
Которым – только смех
Остался, только свист

Достался от отцов!
С *той* стороны весов
Я – с черноземным грузом!
Не быть тебе французом.

Но также – ни одним
Из нас, досадных внукам!
*Кем* будешь – бог один…
*Не* будешь кем – порукой –

3

Du wirst nicht unnütz sein,
Keine Null unter den Jungen,
Kein Kupferkönig, kein
Sportler, hohlköpfig, dumm –

Kein Blinder an der Straße,
Kein Requisit im Saal,
Kein Paar Kiefer, das
Mahlt und mahlt und mahlt

Und dem das alles ist.
Ich, Sohn, wach! ich fahr
Als Sturm in jeden Riß.
Du sei kein Bourgeois.

Kein gallischer Hahn,
Den Schwanz als Pfand im Safe,
Kein schmachtender Bräutigam
Einer Alten von Übersee –

Keiner der Zu Ende –
Geschriebenen, wie ein Brief,
Denen nur Gelächter
Blieb und ein Pfiff

Von den Vätern, nicht mehr...
Auf *der* Seite der Waage erschein
Ich, schwarzerdig, schwer.
Du wirst kein Ausländer sein.

Aber auch nicht einer
Wie wir! den Enkeln zur Last.
Sei irgendwas – Gott alleine...
Und wenn nicht: Bürgschaft

Я, что в тебя – всю Русь
Вкачала – как насосом!
Бог видит – побожусь! –
Не будешь ты отбросом

Страны своей.

Bin ich, die in dich goß
Wie mit Pumpen – die ganze Rusj!
Sohn, Gott sieht – schwör bei Gott:
Sei nicht Abfall und Ausguß

Deines Landes.

Вскрыла жилы: неостановимо,
Невосстановимо хлещет жизнь.
Подставляйте миски и тарелки!
Всякая тарелка будет – мелкой,
Миска – плоской.
Через край – и *мимо* –
В землю черную, питать тростник.
Невозвратно, неостановимо,
Невосстановимо хлещет стих.

DIE ADERN GEÖFFNET – nicht aufzuhalten,
Unheilbar sprudelt es: Leben.
Teller stellt, Schüsseln nur unter, lachhaft!
Jeder Teller wird – ein flacher.
Eure Schüsseln sind Platten.
                                        Übermaß, daneben,
Die Binsen zu nähren, die Schwarzerde färbts.
Unwiederbringlich, nicht aufzuhalten,
Unheilbar sprudelt es: Vers.

# Куст

1

Что нужно кусту от меня?
Не речи ж! Не доли собачьей
Моей человечьей, кляня
Которую – голову прячу

В него же (седей – день от дня!).
Сей мощи, и плещи, и гущи –
Что нужно кусту – от меня?
Имущему – от неимущей!

А нужно! Иначе б не шел
Мне в очи, и в мысли, и в уши.
Не нужно б – тогда бы не цьел
Мне прямо в разверстую душу,

Что только кустом не пуста:
Окном моих всех захолустий!
Что, полная чаша куста,
Находишь на сем – месте пусте?

Чего не видал (на ветвях
Твоих – хоть бы лист одинаков!)
В моих преткновения пнях,
Сплошных препинания знаках?

Чего не слыхал (на ветвях
Молва не рождается в муках!),
В моих преткновениях пнях,
Сплошных препинания звуках?

# Strauch

1

Der Strauch, was ich ihm geben mag,
Kein Gespräch, mein Hundeschicksal nicht,
Mein menschliches, das ich beklag,
Wenn sich mein Kopf in ihn verflicht
(ergrauender von Tag zu Tag)
In diesen Wust von struppigem Dickicht,
Der Strauch, was ich ihm geben mag,
Er hat, was er braucht, ich nicht.

Doch braucht er nichts, er würde sich nicht mühen,
Und mir nicht so vor Augen stehn,
Braucht er mich nicht, er würde mir nicht blühen,
Und nicht durch meine offne Seele gehn,
Die eben durch den Strauch nicht leer ist,
Er ist das Fenster meiner dunklen Ecken, –
Was, volle Schale Strauch,
Gibt es in meiner Ödnis zu entdecken?
Was, Strauch?

Du siehst vielleicht (denn an den Ästen
Sind Blätter, die einander gleichen)
In meinen Stümpfen und Gebresten
Die Punkte und die Trennungszeichen.
Du hörst vielleicht (denn in den Ästen
Sind Seufzer, die nicht Schmerzen gleichen)
In meinen Stümpfen und Gebresten
Die Punkte und die Trennungszeichen

Да вот и сейчас, словарю
Придавши бессмертную силу, –
Да разве я *то* говорю,
Что знала, пока не раскрыла

Рта, знала еще на черте
Губ, той – за которой осколки…
И снова, во всей полноте
Знать буду, как только умолкну.

2

А мне от куста – не шуми
Минуточку, мир человечий! –
А мне от куста – тишины:
Той, – между молчаньем и речью,

Той, – можешь – ничем, можешь – всем
Назвать: глубока, неизбывна.
Невнятности! наших поэм
Посмертных – невнятицы дивной.

Невнятицы старых садов,
Невнятицы музыки новой,
Невнятицы первых слогов,
Невнятицы Фауста Второго.

Той – *до* всего, *после* всего.
Гул множеств, идущих на форум.
Ну – шума ушного того,
Всё соединилось в котором.

Как будто бы все кувшины
Востока – на лобное всхолмье.
Такой от куста тишины,
Полнее не выразишь: полной.

Ja und auch jetzt, in diesem Wörterbuch
Steckt eine Kraft unsterblich, ist sein eigen,
Ja, sag ich, dennoch ja,
Ich wußte, ich muß schweigen,

Schließen den Mund, und dann der Zug
Der Lippen, die sich über Scherben neigen.
Wenn ich die ganze Fülle trug,
Werde ich wissen, ich muß schweigen.

2

Das ist noch Gerede, ist nicht mein Wille,
Das alles ist noch menscheneigen.
Ich meine Strauch: Stille
Zwischen Reden und Schweigen.
Man kanns mit nichts, mit allem fassen,
Tief, – abzuschütteln nicht,
Aber undeutbar, ein Gedicht
Herrlich undeutbar hinterlassen,

Undeutbar alte Gärten
Undeutbar neue Musik
Undeutbar erste Silben
Undeutbar Faust Zwei,

Hin zum Ganzen, darüber hinaus,
Rauschen von rennenden Massen
Als Ohrgebraus,
Das alles in ihn zu fassen,
Alle Krüge des Ostens in einer Fülle,
Das ist der Strauch: Stille.
Vollständiger drückst du es nicht aus.

Тоска по родине! Давно
Разоблаченная морока!
Мне совершенно все равно –
*Где* совершенно одинокой

Быть, по каким камням домой
Брести с кошелкою базарной
В дом, и не знающий, что – мой,
Как госпиталь или казарма.

Мне все равно, каких среди
Лиц ощетиниваться пленным
Львом, из какой людской среды
Быть вытесненной – непременно –

В себя, в единоличье чувств.
Камчатским медведём без льдины
*Где* не ужиться (и не тщусь!),
*Где* унижаться – мне едино.

Не обольщусь и языком
Родным, его призывом млечным.
Мне безразлично, на каком
Непонимаемой быть встречным!

(Читателем, газетных тонн
Глотателем, доильцем сплетен …)
Двадцатого столетья – он,
А я – до всякого столетья!

Остолбеневши, как бревно,
Оставшееся от аллеи,
Мне все – равны, мне всё – равно,
И, может быть, всего равнее –

Роднее бывшее – всего.
Все признаки с меня, все меты,
Все даты – как рукой сняло:
Душа, родившаяся – где-то.

## HEIMWEH, JEDESMAL

Entlarvte Illusion
Mir ist es ganz egal
Wo ich allein bin.

Allein auf welchem Stein
Steh mit dem Einkaufsnetz,
Ich weiß nicht, was ist mein,
Wie in Kasernen oder Krankenhaus.

Gleich, vor welchem Gesicht
Sich mir das Fell sträuben muß.
Die Menschen drängeln dicht,
Ich bin herausgedrängt, allein.

Für mich sein. Ein Kamtschatkabär
Ohne das Eis. Kann nicht dabeisein,
Kann nicht (wills auch nicht mehr).
Wo man sich beugen muß, mir gleich.

Ich werde nicht hinweggenommen
Von meiner Heimatsprache, ihrem Milchschrei –
Und wenn, die mir entgegenkommen,
Mich nicht verstehn, es ist mir gleich

(Als Schlucker von dem Zeitungsbier
Als Zentnerleser, Zeilenmelker)
Sie, 20. Jahrhundert, ist von hier.
Und mein Jahrhundert irgendeins.

Erstarrter Stamm aus dem Bereich
Einer Allee, nun hinterlassen.
Ist mir egal und ist mir gleich,
Vollkommen, ganz und gar, vielleicht.

Gewesener als alles, bin gewesen,
All meine Daten, meine Zeichen
Wie von der Hand gelöscht, nicht mehr zu lesen,
Seele, geboren, irgendwo.

Так край меня не уберег
Мой, что и самый зоркий сыщик
Вдоль всей души, всей – поперек!
Родимого пятна *не* сыщет!

Всяк дом мне чужд, всяк храм мне пуст,
И всё – равно, и всё – едино.
Но если по дороге – куст
Встает, особенно – рябина…

Mein Land beschützt mich auch nicht mehr.
So gehn die wachsamsten Spione
Mir durch die Seele kreuz und quer
Finden den Ort nicht mehr, das Muttermal.

Das Haus ist Fremde, der Tempel Leere
Und alles ganz und alles gleich.
Vielleicht von einer Vogelbeere
Ein Ast sich unterwegs entgegenstreckt.

## Бузина

Бузина цельный сад залила!
Бузина зелена, зелена!
Зеленее, чем плесень на чане,
Зелена – значит, лето в начале!
Синева – до скончания дней!
Бузина моих глаз зеленей!

А потом – через ночь – костром
Ростопчинским! – в очах красно
От бузинной пузырчатой трели.
Красней кори на собственном теле
По всем порам твоим, лазорь,
Рассыпающаяся корь

Бузины…
                    Не звени! Не звени!
Что за краски разведены
В мелкой ягоде, слаще яда!
Кумача, сургуча и ада –
Смесь, коралловых мелких бус –
Блеск, запекшейся крови – вкус!

Бузина казнена, казнена!
Бузина – цельный сад залила
Кровью юных и кровью чистых,
Кровью веточек огнекистых –
Веселейшей из всех кровей:
Кровью сердца – твоей, моей…

А потом – водопад зерна,
А потом – бузина черна,
С чем-то сливовым, с чем-то липким.
Над калиткой, стонавшей скрипкой
Возле дома, который пуст, –
Одинокий бузинный куст.

## Holunder

Holunder überschwemmte den Garten
Holunder grün grün
Grüner als Schimmel auf der Regentonne
Grün, das heißt, es wird Bläue sein
Einen Sommer bis an den Abend aller Tage
Grüner als meine Augen, Holunder

Auf einmal über Nacht flammt es rot
Mit dem Feuer Rostoptschins
Rote Bläschen trillert der Holunder
Röter als Masern auf dem Leib
Rotschwitzende Lasur über alle Poren
Die ausgesprengten Masern

Des Holunders …
                    Hör auf zu läuten!
Was für Farben da gelöst sind
In einer winzigen Beere, süßer als Gift
Des roten Tuchs, des Siegellacks, der Hölle,
Glanz einer zerrissenen Korallenschnur,
Geschmack von geronnenem Blut

Holunder unter dem Beil des Gerichts
Holunder überschwemmte den Garten
Mit dem Blut der jungen, der reinen,
Der kleinen feuertraubigen Zweige,
Mit dem heitersten von allem,
Dem Herzblut – deinem – meinem …

Auf einmal ein Regen von Körnern
Holunder ist schwarz
Klebriges Pflaumenschwarz.
Über der Tür, die wie eine Geige knarrte
Neben dem leeren Haus
Einsamer Holunder

Новоселы моей страны!
Из-за ягоды бузины,
Детской жажды моей багровой,
Из-за древа и из-за слова:
*Бузина* (по сей день – ночьми…),
Яда – всосанного очьми…

Die ihr nun da wohnen werdet!
Um der Holunderbeeren willen
Meiner purpurnen Kindergier
Um des Baumes, des Wortes
*Holunder* (in den Nächten bis heute)
Um des Gifts gesaugt mit Augen

Никуда не уехали – ты да я –
Обернулись прорехами – все моря!
Совладельцам пятерки рваной –
Океаны не по карману!

Нищеты вековечная сухомять!
Снова лето, как корку, всухую мять!
Обернулось нам море – мелью:
Наше лето – другие съели!

С жиру лопающиеся: жир – их »лоск«,
Что не только что масло едят, а мозг
Наш – в поэмах, в сонатах, в сводах:
Людоеды в парижских модах!

Нами лакомящиеся: франк – за вход.
О, урод, как водой туалетной – рот
Сполоснувший – бессмертной песней!
Будьте прокляты вы – за весь мой

Стыд: вам руку жать, когда зуд в горсти, –
Пятью пальцами – да от всех пяти
Чувств – на память о чувствах добрых –
Через всё вам лицо – автограф!

WIR GEHEN AUF KEINE REISEN – duundich.
In zu stopfende Risse verkriechen – die Meere sich.
Alle Taschen zeigen bis auf den Pfennig kein Geld her.
Wir haben zu bleiben und kommen nicht auf ein Weltmeer.

Not, die einem das Leben auf trockene Brotrinden haut!
Wieder einen Sommer wie trockene Rinde gekaut!
Unser Ozean ist – ein vereister:
Unser Sommer – ein von andern verspeister!

Bei denen das Fett herausplatzt: Fett – ihr »Schick«,
und die nicht die Butter allein, die auch das Hirn verdrückt
haben, unseres! – Sonaten, Schwippbögen, Oden:
Kannibalen im Kleid Pariser Moden.

Die an uns sich delektieren – ein Franc der Schmaus.
O das Untier spült – wie mit Parfümwasser – aus
seine Kiefer sich: mit unsterblichen Liedern.
Seid verflucht ihr für all meine nieder-

drückende Schmach: die Hand euch zu geben, gesinnt,
mit den fünf Fingern – undmitallenfünf
Sinnen – zu einem guten Gedenken –
übers Antlitz euch Handschriften! zu schenken!

## Читатели газет

Ползет подземный змей,
Ползет, везет людей.
И каждый – со своей
Газетой (со своей
Экземой!) Жвачный тик,
Газетный костоед.
Жеватели мастик,
Читатели газет.

Кто – чтец? Старик? Атлет?
Солдат? – Ни черт, ни лиц,
Ни лет. Скелет – раз нет
Лица: газетный лист!
Которым – весь Париж
С лба до пупа одет.
Брось, девушка!
Родишь –
Читателя газет.

Кача – «живет с сестрой» –
ются – «убил отца!» –
Качаются – тщетой
Накачиваются.

Что для таких господ –
Закат или рассвет?
Глотатели пустот,
Читатели газет!

Газет – читай: клевет,
Газет – читай: растрат.
Что ни столбец – навет,
Что ни абзац – отврат...

## Zeitungsleser

Unterirdisch kriecht die Schlange,
Jeder lange
Sich die Zeitung.
Was im Schwange,
In der Leitung,
Alles kaut der Gummiesser,
Zeitungsfresser.

Greis, Soldat, Athlet, Erpresser?
Ausradiert wie mit dem Messer,
Die Gesichter, keiner besser
Als der andre, ganz Paris
Von der Stirne bis zum Nabel –
Mädchen, laß es,
Hast du es geboren, faß es:
Einen Zeitungsfresser.

Schau – »Er lebt mit seiner Schwester.«
keln – »Erschlug den Vater. – Toll!«
Schaukeln in vertanen Dingen,
Pumpen sie sich voll.

Was ist denn für diese Menschen,
Wenn sie schlucken, was gewesen,
Sonnenauf- und -untergang.
Zeitunglesen.

Zeitung lies: Geläster.
Zeitung lies: Der Feind.
Keine Spalte ohne Ekel,
Keine Zeile nicht verschweint.

О, с чем на Страшный суд
Предстанете: на свет!
Хвататели минут,
Читатели газет!

– Пошел! Пропал! Исчез!
Стар материнский страх.
Мать! Гутенбергов *пресс*
Страшней, чем Шварцев *прах*!

Уж лучше на погост, –
Чем в гнойный лазарет
Чесателей корост,
Читателей газет!

Кто наших сыновей
Гноит во цвете лет?
Смесители кровей,
*Писатели* газет!

Вот, други, – и куда
Сильней, чем в сих строках! –
Что думаю, когда
С рукописью в руках

Стою перед лицом
– Пустее места – нет! –
Так значит – *нелицом*
Редактора газет-
ной нечисти.

O und was am Jüngsten Tage
Tun sie dann, wenn sie gewesen?
Schnell die Uhr und –
Zeitunglesen.

Uralt mütterlicher Schreck:
»Er verschwand, ging, ging verloren!«
Schlimmer ward, als Schwarzens Pulver,
Die Presse Gutenbergs geboren.

Lieber friedlich auf dem Friedhof
Als im Lazarett verwesen:
Krätze-kratzen,
Zeitunglesen.

Wer verdirbt den Geist so mancher
Söhne? Opfert ihre Leiber?
Blutverpanscher,
Zeitungsschreiber.

So, Freunde, so weit, so gut,
Daß ich nicht noch weiter gehe,
Das ist, was ich denke, wenn ich
Mit dem Manuskript dastehe –

Steh ich da vor dem Gesicht
(etwas Leereres gibt es nicht)
Also vor dem Nichtgesicht
Redakteur mit Sinn und Zweck,

Zeitungsdreck.

## Пещера

Могла бы – взяла бы
В утробу пещеры:
В пещеру дракона,
В трущобу пантеры.

В пантерины лапы –
– Могла бы – взяла бы.

Природы – на лоно, природы – на ложе.
Могла бы – свою же пантерину кожу
Сняла бы…
                    – *Сдала* бы трущобе – в учёбу!
В кустову, в хвощёву, в ручьёву, в плющёву, –

Туда, где в дремоте, и в смуте, и в мраке,
Сплетаются ветви на вечные браки…

Туда, где в граните, и в лыке, и в млеке,
Сплетаются руки на вечные веки –
Как ветви – и реки…

В пещеру без света, в трущобу без следу.
В листве бы, в плюще бы, в плюще – как в плаще бы…

Ни белого света, ни черного хлеба:
В росе бы, в листве бы, в листве – как в родстве бы…

Чтоб в дверь – не стучалось,
В окно – не кричалось,
Чтоб впредь – не *случалось*,
Чтоб – ввек не кончалось!

## Die Höhle

Könnte ich – ich holte
In den Bauch einer Höhle,
In die Grotte des Drachen,
In des Panthers Tobel.

In die Pantherpfoten
– Könnte ich – holt' ich.
Der Natur – auf den Schoß, der Natur – anvertraut.
Könnte ich – selbst die eigene Pantherhaut
Nähm ich mir...
                    – Gäb sie her dem Schlupfloch – zum Muster:
In das buschene, zinnkrautene, bachene, efeulaubene – Duster, –

Hin, wo im Schläfrigen, Wirren und Warmen
Sich zu ewigen Ehen die Zweige umarmen...

Hin, wo im Stein und im Bast und im milchenen Flüstern
Die Hände auf endlose Zeiten verschwistern –
Gleich Zweigen – und Flüssen...

In die Höhle und lichtlos, die Höhle – gesichtlos.
Im Laube, im Efeu, von Efeu – ein Mantel...

Keine lichte Welt und kein Schwarzbrotkanten:
Im Taue, im Laube, wie im Laub – der Verwandten...

Daß ans Tor nicht – man poch,
Nicht ins Fenster schrei noch,
Daß es nicht mehr sich wende
Und den Lebtag nicht ende!

Но мало – пещеры,
И мало – трущобы!
Могла бы – взяла бы
В пещеру – утробы.

Могла бы –
Взяла бы.

Doch zu wenig – die Höhle,
Zu schwach – Schlucht und Strauch!
Könnte ich – ich holte
In die Höhle – des Bauchs.

Könnte ich,
Holt' ich.

## Пепелище

Налетевший на град Вацлава –
Так пожар пожирает траву, –

*Поигравший* с богемской гранью! –
Так зола засыпает зданья,

Так метель заметает вехи…
От Эдема – скажите, чехи! –

Что осталося? – Пепелище.
– Так Чума веселит кладбище!

Налетевший на град Вацлава –
– Так пожар пожирает траву, –

Объявивший – последний срок нам:
Так вода подступает к окнам.

Так зола засыпает зданья…
Над мостами и площадями

Плачет, плачет двухвостый львище…
– Так Чума веселит кладбище!

Налетевший на град Вацлава –
– Так пожар пожирает траву, –

Задушивший без содроганья –
Так зола засыпает зданья:

– Отзовитесь, живые души!
Стала Прага – Помпеи глуше:

Шага, звука – напрасно ищем…
– Так Чума веселит кладбище!

## Brandstätte

Überrannt die Stadt Wenzels,
So frißt Feuer das Gras.

Spiel mit Böhmens Grenze,
So deckt Asche die Bauten zu.

Schneesturm verweht die Wegschilder
Des Gartens Eden – sagt, Tschechen,

Was blieb? Brandstätte.
So beglückt Pest den Friedhof.

Überrannt die Stadt Wenzels,
So frißt Feuer das Gras.

Angesagt ist uns die letzte Stunde,
So steigt das Wasser an den Fenstern,

So deckt Asche die Bauten zu –
Auf Plätzen und Brücken weint –

Weint der zweischwänzige Löwe.
So beglückt Pest den Friedhof.

Überrannt die Stadt Wenzels,
So frißt Feuer das Gras.

Erstickt ohne Beben,
So deckt Asche die Bauten zu:

Antwortet, lebende Seelen!
Prag – öderes Pompeji.

Schritt, Ruf, Suchen vergebens.
So beglückt Pest den Friedhof.

## Барабан

По богемским городам
Что бормочет барабан?
– Сдан – сдан – сдан
Край – без славы, край – без бою.
Лбы – под серою золою
Дум – дум – дум …
– Бум!
Бум!
Бум!

По богемским городам –
Или то не барабан
(Горы ропщут? Камни шепчут?),
А в сердцах смиренных чешских –
Гне – ва
Гром:
– Где
Мой
Дом?

По усопшим городам
Возвещает барабан:
– Вран! Вран! Вран
Завелся в Градчанском замке!
В ледяном окне – как в рамке
(Бум! бум! бум!)
Гунн!
Гунн!
Гунн!

## Die Trommel

Durch die Städte Böhmens nun
Ruft die dunkle Trommel stumm:
»Komm um – komm um – komm um,
Böhmen ehrlos, Böhmen wehrlos!«
Mutlos schlägt die Stirn der Kehraus
Dumm – dumm – dumm:
»Bum!
Bum!
Bum!«

Durch die Städte Böhmens pocht
– oder nicht die Trommel, noch
(Berge, polternd, Steine, zischelnd)
Morst das Herz der geschlagenen Tschechen
Wut-ent-
Brannt:
Wo ist
Mein
Land?

In der Städte Todesschlaf
Trommelt aus der harte Schlag:
»Ein Rabe, Rabe, Rabe
Hat sein Nest gebaut im Hradschin!
Durch das Eis des Fensters starrt der
(Bum! bum! bum!)
Hunne!
Hunne!
Hunne!«

## Взяли…

Чехи подходили к немцам и плевали.
*(См. мартовские газеты 1939 г.)*

Брали – скоро и брали – щедро:
Взяли горы и взяли недра,
Взяли уголь и взяли сталь,
И свинец у нас и хрусталь.

Взяли сахар и взяли клевер,
Взяли Запад и взяли Север,
Взяли улей и взяли стог,
Взяли Юг у нас и Восток.

Вары – взяли и Татры – взяли,
Взяли близи и взяли дали,
Но – больнее, чем рай земной! –
Битву взяли – за край родной.

Взяли пули и взяли ружья,
Взяли руки и взяли дружбы…
Но покамест во рту слюна –
Вся страна вооружена!

## Sie nahmen

*Die Tschechen traten auf die Deutschen zu*
*und spuckten… (Vgl. Märzzeitungen 1939)*

Sie nahmen schnell und mit Großmannsmut:
Sie nahmen den Berg und was unter ihm ruht,
Sie nahmen die Kohle, sie nahmen den Stahl,
Sie nahmen das Blei, und sie nahmen Kristall.

Sie nahmen den Zucker, sie nahmen den Klee,
Sie nahmen die Ferne, sie nahmen die Näh,
Sie nahmen den Westen, sie nahmen den Nord,
Sie nahmen den Süden und Osten fort.

Sie nahmen den Honig, sie nahmen das Bad,
Sie nahmen das Heu, und sie nahmen den Grat,
Sie nahmen das irdische Eden, jedoch:
Sie nahmen kampflos den Kampf uns noch!

Sie nahmen Geschütz, und sie nahmen Geschoß,
Sie nahmen uns Erze und Freund und Genoss' –
Wir haben noch Spucke, und die ist für sie:
Uns ganz zu entwaffnen, das schaffen sie nie.

О, слезы на глазах!
Плач гнева и любви!
О, Чехия в слезах!
Испания в крови!

О, черная гора,
Затмившая – весь свет!
Пора – пора – пора
Творцу вернуть билет.

Отказываюсь – быть.
В Бедламе нелюдей
Отказываюсь – жить.
С волками площадей

Отказываюсь – выть.
С акулами равнин
Отказываюсь плыть –
Вниз – по теченью спин.

Не надо мне ни дыр
Ушных, ни вещих глаз.
На твой безумный мир
Ответ один – отказ.

## Klage des Zorns und der Liebe

Klage des Zorns und der Liebe!
Salz, das auf Augen ruht!
Oh, und Böhmen in Tränen!
Oh, und Spanien im Blut!

O schwarzer Berg, der du das
Licht verdunkelt hast!
Zeit ists, Zeit, dem Schöpfer
Hinzuwerfen den Paß.

Ich weigre mich, zu leben
Im Tollhaus, unter Vieh.
Ich weigre mich, ich heule
Mit den Wölfen nie.

Ich weigre mich, zu schwimmen
Als Hai des Lands, stromab
Den Strom gebeugter Rücken –
Ich weigre mich, lehn ab.

Ablehn ich, daß ich höre,
Ablehn ich, daß ich seh.
Auf diese Welt des Irrsinns
Gibt es nur eins: ich geh.

# Anmerkungen zu den Gedichten

Zum hundertsten Geburtstag der Dichterin erschien 1994–1995 in Moskau eine von Anna Saakjanz betreute siebenbändige Ausgabe der Dichtungen, Prosaarbeiten, Tagebücher, Übersetzungen und Briefe; 1997 folgte dieser Ausgabe eine an neuen Dokumenten reiche Biographie aus der Feder von Anna Saakjanz. Deutsch liegt außer den in den Quellenhinweisen genannten Ausgaben die dreibändige Sammlung der Lyrik, Prosa und Briefe vor, die Edel Mirowa-Florin 1989 in Berlin betreute, sowie Ralph Dutlis Übertragung der ›Liebesgedichte‹, Zürich 1997. Unter den Biographien sei verwiesen auf: Simon Karlinsky, Marina Tsvetaeva. The Woman, her World and her Poetry. Cambridge 1985; Elke Erb: Ich blicke mich um – in die Zukunft. In: Marina Zwetajewa, Das Haus am alten Pimen. Leipzig 1989, S. 169–279; Veronique Lossky, Marina Tsvetaeva. Paris 1990; Elaine Feinstein, Marina Zwetajewa: Eine Biographie. Frankfurt a. M. 1990; Ilma Rakusa, Im Feuer geschrieben. Ein Leben in Briefen. Frankfurt a. M. 1992.

*Du gehst, so ging ich auch*
Datiert: 3. Mai 1913, Koktebel. – Mit einem Brief vom 7. März 1914 sandte M. Z. unter anderen dieses Gedicht an den Schriftsteller Wassili Rosanow, sie schrieb: »... ich glaube nicht an die Existenz Gottes und ein Leben nach dem Tode. Daher – die Hoffnungslosigkeit, der Schrecken des Alterns und des Sterbens. Die völlige Unfähigkeit von Natur aus – zu beten und sich zu unterwerfen. Irrsinnige Liebe zum Leben, krampfhafte, krankhafte Gier zu leben.«

*Da ich die Dinge bald verlasse*
Datiert: 22. September 1915

*Der Tag wird kommen*
Datiert: 11. April 1916. – Viertes Gedicht aus dem neunteiligen Zyklus »Verse über Moskau« (März bis August 1916). Es entstand nach ihrer Petersburgreise an der Jahreswende 1915 zu 1916, wo sie auf einem literarischen Abend neben Sergej Jessenin, Michail Kusmin und Ossip Mandelstam als einzige Moskauerin aus ihren Gedichten las.

*Dein Name: Vogel in der Hand*
Datiert: 15. April 1916. – Erstes Gedicht aus dem achtzehnteiligen Zyklus »Gedichte an Blok« (1916–1921). – M. Z. kannte Blok nicht persönlich, sie traf ihn bei seinen beiden Lesungen in Moskau am 9. und 14. Mai 1920. Ihren Blok-Mythos formulierte sie 1923 in einem Brief an Boris Pasternak: »Ich habe im Leben die große Begegnung mit Blok versäumt, wären wir uns begegnet, er wäre nicht gestorben.«

*Oh Muse der Klage*
Datiert: 19. Juni 1916. – Erstes Gedicht aus dem elfteiligen Zyklus »Für Achmatowa« (Juni bis Juli 1916). Entstand nach ihrer Petersburgreise an der Jahreswende 1915 zu 1916, wo sie allerdings Anna Achmatowa nicht persönlich kennenlernte. Von Achmatowas

späteren Gedichten, besonders Teilen des »Poems ohne Held«, die sie bei einer Begegnung der beiden Anfang Juni 1941 in Moskau hörte, war M. Z. tief enttäuscht. – *Glockenstadt:* Moskau, das für seine vierzig mal vierzig Kirchen berühmt war.

*Weiße Sonne, tiefe, tiefe Wolken*
Datiert: 8. Juli 1916

*Heut nacht*
Datiert: 1. August 1916. – Sechstes Gedicht aus dem elfteiligen Zyklus »Schlaflosigkeit« (1916–1922).

*Ich reiß dich aus jeder Erde*
Datiert: 15. August 1916. – Wahrscheinlich gerichtet an ihren Geliebten Nikodim Plutzer-Sarna. – *der Jakob die Stärke des Engels zeigt:* zu 1. Mose 32, 24–30, worin vom Kampf Jakobs mit Gott berichtet wird.

*Als der Vogelbeerbaum*
Datiert: 16. August 1916. – Neuntes Gedicht aus dem Zyklus »Verse über Moskau«. – *der Streit begann:* 1934 kommentierte M. Z. diesen »Streit« in einem Brief: »/.../ ich hätte sagen können: *priesen*, oder: *wiederholten* – nein – *der Streit begann!* Der Streit um meine Seele, die *alle* bekamen und *niemand* (alle *Götter* und keine einzige *Kirche*!).«

*Baut einer kein Haus*
Datiert: 26. August 1918.

*Diese Augen*
Datiert: 9. September 1918.

*Eine Sonne*
Datiert: Februar 1919.

*Meine arme Vergänglichkeit*
Datiert: 16. Mai 1920.

*Andre – dem Auge des süßesten Gatten*
Datiert: 2. August 1920.

*Ich weiß, daß ich sterben werde*
Datiert: Dezember 1920.

*Rolands Horn*
Datiert: März 1921. – *Roland:* Im Rolandslied (um 1100), das den Tod Rolands 778 bei Roncevall in Spanien besingt, ruft das Horn Olifant, das der Ritter auf einem Rückzugsgefecht des karolingischen Heeres sterbend bläst, Karl den Großen zur Rache herbei. – *Seraph Seraphim:* die sechsflügeligen Engel des Alten Testaments, die Gottes Thron umgeben.

*Für Majakowski*
Datiert: 18. September 1921.

*Auswanderer*
Datiert: 9. Februar 1922.

*Morgendämmerung überm Gleis*
Datiert: 12. Oktober 1922. – Ariadna Efron, die Tochter von Marina Zwetajewa und Sergej Efron, teilt in ihren Erinnerungen ein Gespräch zwischen ihren Eltern kurz nach ihrer Wiederbegegnung in Prag mit, das den Anlaß zu diesem Gedicht bildete. Es geht um Efrons Anschluß an die Weiße Armee. M. Z. fragt: »Aber wie konnten Sie – Sie, Serjoshenka ...« Efron antwortet: »Doch ganz einfach: Stellen Sie sich einen Bahnhof der Kriegszeit vor – einen großen Eisenbahnknotenpunkt, vollgestopft mit Soldaten, Schiebern, Frauen, Kindern, die ganze Aufregung, das Durcheinander, den Tumult – alle klettern in die Waggons, stoßen sich, ziehen sich rein ... Auch Dich ziehen sie mit rein, das dritte Klingelzeichen, der Zug setzt sich in Bewegung – die Minute der Erleichterung – Gott sei Dank!, aber da begreifst Du plötzlich, begreifst in tödlichem Entsetzen, daß Du in dem verhängnisvollen Tumult – übrigens mit vielen, vielen! – in den falschen Zug geraten bist ... daß Deine Leute von einem ganz anderen Gleis abfuhren, daß es keine Rückkehr gibt – die Schienen sind herausgerissen. Zurück, Marinotschka, geht es nur zu Fuß – auf den Schwellen – das ganze Leben ...«
*dreifahnig:* die Gewannstreifen der Dreifelderwirtschaft – Brache, Wintergetreide, Sommergetreide. – *Ihr Signum: vierzig Mann:* Das Limit für die Beladung von Güterwaggons vor der Revolution.

*Der Dichter*
Datiert: 8. April (1) und 22. April (2, 3) 1923. – *Hiob, Job:* zu Hiob, 2, worin berichtet wird, wie Hiob vom Satan in seiner Gottesfurcht mit »bösen Schwären von der Fußsohle an bis auf den Scheitel« versucht wird.

*Vorstadtpoem*
Datiert: 23. April 1923. – 1923 wohnte M. Z. eine kurze glückliche Zeit in der hochgelegenen Švédská ulice 1373 in Prag-Smíchov oberhalb des Bahnhofs. Am 11. August 1923 beschreibt sie in einem Brief an Alexander Bachrach ihr Domizil: »In Prag hab ich es gut getroffen: riesengroßes Fenster mit Ausblick auf die ganze Stadt und den ganzen Himmel, die Straßen – lauter Treppen, Weite, Züge, Nebel.«

*Der Vorhang*
Datiert: 23. Juni 1923.

*Die Klinge*
Datiert: 18. August 1923. – Das Gedicht war neben dem Zyklus »Die Stunde der Seele« und mehreren anderen Texten von 1923 ursprünglich dem Berliner Kritiker Alexander Bachrach gewidmet.

*Prager Ritter*
Datiert: 27. September 1923. – *Ritter, Ritter:* Ritter Bruncvík, der Legende nach Přemysl II., erwarb auf seinen Fahrten vor seiner vierzigjährigen Herrschaft über Böhmen einen Löwen und ein Zauberschwert. »Ich habe einen Freund in Prag«, schrieb M. Z. in einem Brief an Alexander Bachrach vom 27. September 1923, »einen steinernen Ritter, der mir sehr ähnlich sieht. Er steht an der Brücke und behütet den Fluß: die Schwüre, die Ringe, die Wellen, die Leiber.«

*Eisenbahnzug*
Datiert: 6. Oktober 1923. – *(kleinwenig!):* im Original deutsch.

*Versuch einer Eifersucht*
Datiert: 19. November 1924. – Ursprünglich an Mark Slonim gerichtet, der damals Redakteur der Prager Zeitschrift »Wolja Rossii« (»Rußlands Freiheit«) war.

*Traum*
Datiert: 24. bzw. 26. Dezember 1924. – *Martyn Sadeka:* mit diesem erfundenen Verfassernamen erschien 1814 in Moskau ein danach mehrfach aufgelegtes Orakel- und Traumbuch, das über Puschkins Versroman »Eugen Onegin« in die Literatur einging.

*Ab-stand*
Datiert: 24. März 1925. – Boris Pasternak gewidmet. Pasternak sind auch zwei große Zyklen dieser Zeit gewidmet – »Leitungen« (1923) und »Zwei« (1924). »Zwei« trägt im Manuskript die Widmung: »Meinem Bruder in der fünften Jahreszeit, im sechsten Sinn und in der vierten Dimension – Boris Pasternak.«

*Leiser mit Lob*
Datiert: 26. Januar 1926. – Als M. Z. das Gedicht schrieb, wohnte sie mit Mann und zwei Kindern in einem Zimmer in der rue Rouvet, 8. Auf eine Neujahrsumfrage der Pariser Zeitung »Poslednie Nowosti« (»Letzte Nachrichten«) antwortete sie:
»Mein Wunsch für 1926
Für mich – ein eigenes Zimmer und Schreibtisch.
Für Rußland – was es sich selber wünscht.
Paris 30. Dezember 1925.«

*Der Schuß – gezielt in die Seele*
Datiert: August 1930. Savoyen. – Fünftes Gedicht aus dem siebenteiligen Zyklus »Für Majakowski«. – *LEF-Mann*: LEF = Lewy front iskusstwa (Linke Kunstfront), die von Majakowski nach der Revolution gegründete Vereinigung der Avantgarde, die eine gleichnamige Zeitschrift herausgab. – *»Zentralgesang«*: ironische Anspielung auf die Namen zentralisierter staatlicher Verwaltungen.

*Strophen an den Sohn*
Datiert: Januar 1932 (1, 2), 22. Januar 1932 (3).– Für den siebenjährigen Sohn Georgi Efron, der 1939 mit seiner Mutter in die Sowjetunion ging. Anfang 1944 einberufen, fiel er im Juli 1944 bei Witebsk. – *Rusj:* die Kiewer Rusj, der erste russische Staat, Blütezeit

im 11. Jahrhundert.– *SSSR:* Sojus sowetskich sozialistitscheskich respublik (Union der sozialistischen Sowjetrepubliken).

*Mein Schreibtisch*
Datiert: Juli 1933. – Erstes Gedicht aus dem sechsteiligen Zyklus »Der Tisch«.

*Die Adern geöffnet*
Datiert: 6. Januar 1934.

*Strauch*
Entstanden um den 20. August 1934.

*Heimweh, jedesmal*
Entstanden 1934.

*Holunder*
Datiert: 11. September 1931 – 21. Mai 1935. – *Rostoptschin:* Graf F. W. Rostoptschin setzte Moskau 1812 vor der Einnahme durch die Franzosen in Brand.

*Wir gehen auf keine Reisen*
Entstanden 1932 – Sommer 1935. – Die Handgreiflichkeiten der letzten Strophe reflektieren die Armut der Pariser Zeit, gemeinsame Sommerreisen waren undenkbar.

*Zeitungsleser*
Datiert: 1. – 15. November 1935, Vanves.

*Die Höhle*
Datiert: 27. August 1936, Savoyen. – Drittes Gedicht aus einem siebenteiligen Zyklus »Verse an eine Waise«. Gerichtet an den Dichter Anatoly Steiger (1907 – 1944), mit dem sie einen Briefwechsel hatte, den sie aber nie persönlich kennenlernte.

*Brandstätte*
Datiert: 29. – 30. März 1939. – Drittes Gedicht aus dem zweiten Teil (»März«) des Zyklus »Gedichte an Böhmen«. Der erste Teil (»September«) entstand im September 1938 nach dem Münchener Abkommen, der zweite Teil im März und Mai 1939 bei der Besetzung der Tschechoslowakei durch die Nazis. – In einem Brief an ihre Prager Bekannte Anna Tesková schreibt sie im März 1939: »Für mich ist Böhmen jetzt – unter allen Ländern – der einzige Mensch. Alle anderen sind Wölfe und Füchse, und der Bär [lies: Rußland] ist leider – weit … Ich liebe Böhmen unendlich und bin ihm unendlich dankbar, aber ich will es nicht *beweinen* (Gesunde beweint man nicht, und es ist unter allen Ländern – das einzig gesunde, krank sind – die anderen!) also, ich will es nicht beweinen, ich will es *besingen.*«

*Die Trommel*
Datiert: 30. März 1939.– Drittes Gedicht aus dem zweiten Teil des Zyklus »Gedichte an Böhmen«.

*Sie nahmen*
Datiert: 9. Mai 1939. – Sechstes Gedicht aus dem zweiten Teil des Zyklus »Gedichte an Böhmen«.

*Klage des Zorns und der Liebe*
Datiert: 15. März – 11. Mai 1939. – Achtes Gedicht aus dem zweiten Teil des Zyklus »Gedichte an Böhmen«. – *Hinzuwerfen den Paß:* Im russischen Original deutlichere Anspielung auf eine Passage aus Dostojewskis »Brüder Karamasow«, 5. Buch »Rebellion«. Kurz bevor er die Parabel vom Großinquisitor erzählt, weigert sich Iwan Karamasow, für eine künftige Weltharmonie den Preis maßloser Leiden entrichtet zu sehen: «Darum beeile ich mich, mein Eintrittsbillett zurückzustellen. Und wenn ich nur ein anständiger Mensch bin, so ist es meine Pflicht, dies sobald als möglich zu tun. Das tue ich denn auch. Nicht Gott ist es, den ich ablehne, Aljoscha, ich gebe ihm nur die Eintrittskarte ergebenst zurück.« Bruder Aljoscha bezichtigt ihn daraufhin der Rebellion.

# Das Leben Marina Zwetajewas

## Daten, Bilder, Zeugnisse

Mit ihrem Vater 1906/7

1892

Marina Iwanowna Zwetajewa wird am 26. September (8. Oktober) 1892 in Moskau geboren.

Ihre Mutter, Maria Alexandrowna (1868–1906), entstammte der Verbindung des Deutsch-Serben Alexander Danilowitsch Meyn mit der Tochter eines polnischen Adligen. Sie war, als Pianistin und Malerin hochbegabt, von der Familie gedrängt worden, ihre Konzertkarriere und den geliebten Mann aufzugeben und den verwitweten Mann ihrer Freundin zu heiraten.

Iwan Wladimirowitsch Zwetajew (1847–1913), der zwei Kinder in die neue Ehe brachte, entstammte einem der ältesten russischen Geschlechter, war Sohn eines Landgeistlichen, lehrte nach Studium und erfolgreichem Forschungsaufenthalt in Italien an der Moskauer Universität und den Höheren Frauenkursen Kunstgeschichte und begründete das »Museum Alexanders III.«, das heutige Puschkin-Museum, das erste öffentliche Kunstmuseum Rußlands. Elfmal reiste Professor Zwetajew zwischen 1898 und 1912, dem Jahr der Grundsteinlegung und dem der Eröffnung des Museums, nach Westeuropa, häufig in Begleitung seiner Frau, die ihm als gute Kennerin antiker Skulptur zeichnend und in der Korrespondenz half.

Kindheit in der Moskauer Dreiteichegasse 8 und im Sommerhaus in Tarussa mit der zwei Jahre jüngeren Schwester Anastasia (1894–1993). Erzieherin zunächst die Baltendeutsche Auguste Iwanowna, später die Französin Alphonsine Dijon. Eine russische Kinderfrau hatte nur die Schwester. Früh Klavierunterricht, da die Mutter die Töchter zu Pianistinnen machen wollte.

»Engste Mitarbeiterin meines Vaters war meine Mutter, Maria Alexandrowna Zwetajewa, geborene Meyn. Sie führte seine riesige Auslandskorrespondenz, und es kam häufig vor, daß sie mit ihrer fernschriftlichen Beredtheit, dem besonderen Charme eines Scherzes oder einer Schmeichelei (an einen Franzosen), eines Verses (an einen Engländer), der Frage nach Kind und Garten (an einen Deutschen) – mit jener menschlichen Note im Geschäftsbrief, dem Persönlichen im Offiziellen, gelegentlich auch nur mit einer gelungenen Wendung sofort erreichte, was mein Vater mit äußerster Mühe und auf ganz andere Weise erreicht hätte. Das eigentliche Geheimnis ihres Erfolgs waren natürlich nicht die Wendun-

Die Mutter, Maria Alexandrowna, 1903

Die Datscha in Tarussa, in der Marina Zwetajewa ihre Kindheit verbrachte

gen, die immer nur dienen, sondern die Glut des Herzens, ohne die die Gabe des Wortes nichts ist. Und wenn ich von ihrer Unterstützung des Vaters spreche, dann spreche ich von der Unermüdlichkeit ihrer geistigen Teilhabe, dem Wunder weiblicher Zugehörigkeit, Eindringen in alles und Hervorgehen aus allem – als Sieger. Dem Museum helfen, hieß vor allem, geistig dem Vater helfen: an ihn glauben und, wenn nötig, für ihn glauben. So steht, von den Türgriffen eines widerstrebenden Spenders bis zu den Rankenkapitellen der Säulen das ganze Museum – auf der Teilnahme einer Frau. Das muß ich, kindlicher Zeuge jener Jahre, sagen, denn außer mir sagt es (weil keiner es so tief weiß) – keiner. Als sie 1902 Tuberkulose bekam und mit den jüngeren Kindern ins Ausland fuhr, nahm sie nicht weniger Anteil, eher mehr – mit der ganzen Kraft der Sehnsucht. Aus Moskau ins genuesische Nervi, nach Lausanne, nach Freiburg kamen die detaillierten Berichte über jeden Zentimeter Zuwachs des breiter und höher werdenden Museums (so schreiben die Eltern mit Freuden das Wachsen des Kindes an die Tür oder ins Tagebuch).«

Marina Zwetajewa, *Mein Vater und sein Museum*

1898
Musikschule von Frau Sograf-Plaxina.
Erste Gedichte in Russisch und Deutsch.

1901
In der Vorbereitungsklasse für das Gymnasium.

1902
Die Mutter erkrankt an Tuberkulose und geht zur Kur ins genuesische Nervi. Dort Marinas erste Begegnung mit russischen Anarchisten.

1903
Privatschule von Lucille und Marguerite Lacaze in Lausanne am Genfer See, Boulevard de Grancy 3.

1904/05
Wohnt mit der Schwester in Freiburg im Schwarzwald, Pension von Pauline und Annie Brink, Wallstraße 10, und besucht eine Privatschule. Die Erinnerung an den St. Georg am Schwabentor und den Schwarzwald beherrscht sie ihr Leben lang. Ihre Liebe für »Übermaß« und »Schwärmerei«, nur deutsch zu benennen, wie sie meinte, geht auf diese Zeit zurück.

1906
Marinas Mutter stirbt auf dem Rückweg aus Jalta nach Moskau in Tarussa. Die Schwestern besuchen nun das Brjuchonenko-Gymnasium. Marina interessiert nur Russisch, Deutsch und Französisch. Sie schafft sich eine Gegenwelt zur Schule in der Poesie. Die Helden ihrer Jugend werden Napoleon I., die Schauspielerin Sarah Bernhardt, die Malerin Maria Baschkirzewa, die ein Tagebuch ihrer Seele hinterließ, das sie zwischen ihrem 12. und 24. Lebensjahr (als sie an Tuberkulose starb) geführt hatte. Ihre bevorzugten Dichter sind im Deutschen Goethe, Novalis, Heine, Hölderlin, Hauff, de la Motte Fouqué (»Undine«), im Französischen Edmond Rostand (mit »L'Aiglon«, dem Drama über Napoleons Sohn) und Dumas père.

1909

Reise nach Paris, wo sie sich ein Zimmer nimmt, an der Sorbonne Vorlesungen über altfranzösische Literatur hört, die bewunderte Bernhardt aber verfehlt.

In Moskau Bekanntschaft mit dem Symbolisten Lew Kobylinski-Ellis, einem Freund von Andrej Bely. Ellis wird der erste Kritiker und Mentor der jungen Dichterin. Marinas romantische Beziehung zu Ellis' Freund Wladimir Nilender, der ihr einen Heiratsantrag von Ellis überbringen soll, sich aber selber in sie verliebt, beschleunigt ihre Emanzipation: Sie trägt die Haare kurz, bevorzugt hohe Absätze und raucht.

»Meine Mutter, Marina Iwanowna Zwetajewa, war klein – einen Meter dreiundsechzig, sie hatte die Figur eines ägyptischen Knaben – breite Schultern, schmale Hüften, schlanke Taille. Die jugendliche Rundlichkeit wich bald und für immer ins rassig Hagere; sehnig und schmal Fuß- und Handgelenk, ihr Gang beschwingt und rasch, ihre Gesten leicht und ungestüm – ohne Heftigkeit.

Gezügelt und beherrscht unter Leuten, wenn sie fühlte, daß sie gesehen oder gar beobachtet wurde. Dann wurden ihre Gesten behutsam karg, aber befangen war sie nie.

Die strenge aufrechte Haltung: auch über den Schreibtisch gebeugt, behielt sie das ›stählerne Rückgrat‹.

Ihr Haar, golden kastanienbraun, in der Jugend wallend und weich gelockt, wurde früh grau – das verstärkte den Eindruck des Leuchtens, das von ihrem matt hellbraunen Gesicht ausging: Ihre Augen blieben ganz hell – grün, weintraubenfarben, umfaßt von den dunkelbraunen Lidern.

Ihre Gesichtszüge und alle Konturen waren regelmäßig und scharf ausgeprägt; keine Verschwommenheit, alles vom Meister zu Ende gedacht, mit dem Meißel gearbeitet, fein geschliffen: Die Nase, schmal an der Nasenwurzel, ging in einen kleinen Höcker über und lief nicht spitz aus, sondern stumpf in ein ebenes Absätzchen, an dem die vibrierenden Nüstern-Flügel ansetzten, der weich scheinende Mund war durch eine unsichtbare Linie streng begrenzt.

Zwei senkrechte Falten trennten die hellbraunen Augenbrauen ... Ihre Hände waren kräftig, tätig, Arbeitshände. Zwei silberne Ringe (ein Siegelring mit dem Bild eines Schiffchens, eine Achatgemme mit Hermes in glatter Fassung, ein Geschenk des Vaters) und der Verlobungsring, die sie nie ablegte, machten auf die Hände nicht aufmerksam, schmückten sie nicht und banden sie nicht, sie waren eins mit ihnen.

Ihre Stimme war mädchenhaft hoch, hell, kräftig.

Sie sprach kurz, ihre Antworten waren Formeln.

Sie konnte zuhören; nie bedrängte sie ihren Gesprächspartner, aber im Streit war sie gefährlich: Auf Disputen, Diskussionen und Erörterungen warf sie, ohne die Grenzen eisiger Höflichkeit zu verlassen, ihren Opponenten mit einem blitzschnellen Ausfall zu Boden.

Sie konnte glänzend erzählen ...

Mode lehnte sie nicht ab, wie manche ihrer oberflächlichen Zeitgenossen glaubten, aber da sie keine Mittel hatte, sie zu machen oder ihr zu folgen, verschmähte sie elende Nachahmungen und trug in den Emigrationsjahren mit Würde Sachen aus zweiter Hand. An Sachen schätzte sie Haltbarkeit, was die Zeit erprobt hatte: Zierliches, Knitterndes, Reißendes, Krümelndes, Zerbrechliches, mit einem Wort »Elegantes« lag ihr nicht.

Sie ging spät schlafen, las vor dem Schlaf. Stand früh auf. Spartanisch bescheiden in ihren Ansprüchen, mäßig im Essen. Sie rauchte: in Rußland Papirossy, die sie selber stopfte, im Ausland starke Männerzigaretten, immer eine halbe in einem einfachen Kirschholzmundstück.

Sie trank den Kaffee schwarz: Die hellen Bohnen röstete sie selber, bis sie dunkelbraun wurden und mahlte ihn geduldig in einer uralten türkischen Mühle aus Messing, rund und klein mit orientalischen Mustern.

Mit der Natur war sie auf Gedeih und Verderb verbunden, sie liebte die Berge, die Felsen, den Wald mit einer heidnischen, vergötternden und zugleich überwindenden Liebe, ohne einen Rest von Beschaulichkeit, daher wußte sie mit dem Meer, das man nicht zu Fuß, nicht schwimmend bewältigen kann, nichts anzufangen. Sich einfach zu ergötzen, vermochte sie nicht.

Niedere, ebene Landschaften bedrückten sie genauso wie feuchte, sumpfige, schilfige Gegenden, auch die feuchten Monate im Jahr, wenn der Boden unsicher wird für den Fußgänger und der Horizont verschwimmt.

Für immer die liebsten Orte waren ihr das Tarussa ihrer Kindheit und das Koktebel ihrer Jugend, sie suchte sie ständig und manchmal fand sie

1911

sie in den Hügeln der ehemaligen ›königlichen Jagdgründe‹ des Waldes von Meudon und in den Bergen, Farben und Düften der Mittelmeerküste.

Hitze ertrug sie leicht, Kälte schwer.«

Ariadna Efron, *Wie sie war*

1910

Im März wird Ellis des Diebstahls wertvoller Radierungen aus dem Rumjanzew-Museum überführt und Professor Zwetajew der Vernachlässigung seiner Aufsichtspflichten beschuldigt. Schockiert durch die Verbindungen und den Aufruhr der Tochter, verbietet der Vater den Umgang mit Ellis und Nilender und schickt die Mädchen im Sommer nach Dresden zu einer Pfarrersfamilie auf den Weißen Hirsch, wo sie gutes Benehmen und Hauswirtschaft lernen sollen. Marina hat nur Augen für das romantische Sachsen.

In Moskau erscheint Ende Oktober, vor der Familie verheimlicht, als Privatdruck in 500 Exemplaren Zwetajewas erstes Buch »Abendalbum« (›Večernij al'bom‹), es ist Maria Baschkirzewa gewidmet und steht unter einem Motto von Rostand – Ersatz für den untersagten Brief an den geliebten Nilender, wie sie später sagt. Das Büchlein wird von Maximilian Woloschin, Nikolai Gumiljow, Valeri Brjussow und Marietta Schaginjan besprochen. Woloschin führt die junge Dichterin in den Kreis um den Symbolistenverlag »Musagetes« ein, sie lernt Wjatscheslaw Iwanow, den Kritiker Michail Gerschenson, den Philosophen Fjodor Stepun kennen, auch die Essayistin Adelaida Gerzyk, deren Prosastil sie später prägte.

1911

Verläßt kurz vor dem Examen die Schule.

Im April auf der Krim in den genuesischen Ruinen von Gursuf. Im Mai in Koktebel im Haus Woloschins, wo sie den siebzehnjährigen Sergej Efron (1893–1941) trifft, der, noch Gymnasiast, kleine Erzählungen veröffentlicht; Efron ist Sproß einer russisch-jüdischen Revolutionärsfamilie: Die Mutter, dem alten Adelsgeschlecht der Durnowo entstammend, war unter dem Einfluß von Kropotkin Revolutionärin geworden, hatte gemeinsam mit ihrem künftigen Mann illegal gearbeitet und war mehrere Male vor Gericht gestellt und eingesperrt worden. Die Eltern starben kurz nach ihrer zweiten Emigration 1905 in der Schweiz. Der Sohn Sergej, 1914 wegen Tuberkulose vom aktiven Kriegsdienst freigestellt,

In Koktebel, 1911

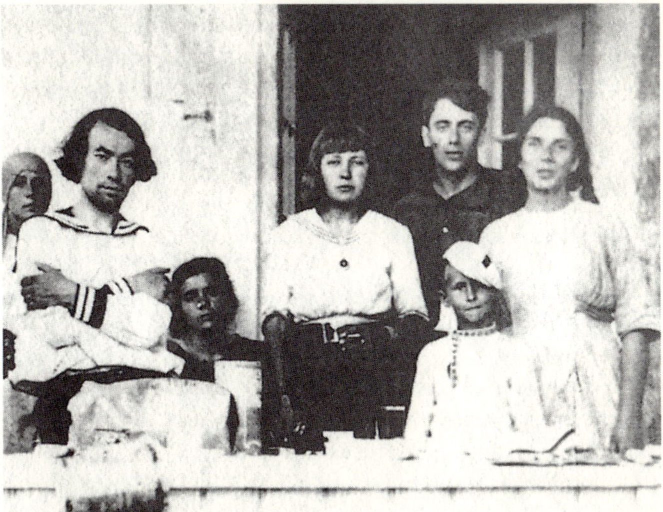

In Koktebel, 1911. Von links: Vera Efron (die Schwester Sergejs), Sergej Efron, Marina Zwetajewa und Freunde

Mit ihrem späteren Mann Efron, 1911

tritt in die Junkerschule ein, was ihn 1917 auf die Seite der Weißen Armee führt.

1912
Heiratet am 27. Januar Sergej Efron.

Zweites Buch »Zauberlampe« (›Volšebnyj fonar‹), es ist Sergej Efron gewidmet.

Hochzeitsreise nach Sizilien, Rückkehr über Paris. In Moskau Umzug nach Samoskworetschje, 1914 in die Borisoglebski-Gasse 6.

5. September Geburt der Tochter Ariadna/Alja (1912–1975).

1913
Drittes Buch: »Aus zwei Büchern (›Iz dvuch knig‹).

Tod des Vaters.

1913/1915
»Gedichte einer Jugend« (›Junošeskie stichi‹), zu Lebzeiten unveröffentlicht; Erstdruck 1976.

Marina Zwetajewa (links) mit ihrer Schwester Anastasia, 1913

Anna Achmatowa, 1916

1914
Oktober Begegnung mit Sophia Parnok (1885–1933), die Frauen verlieben sich ineinander, leben und reisen zusammen, die Trennung Anfang 1916 ist die »erste Katastrophe« in Marinas Leben.

1915/1917
Zwetajewas Gedichte erscheinen regelmäßig in der Petrograder Zeitschrift »Sewernye sapiski«, darunter auch einige aus der späteren Sammlung »Werstpfähle I« (›Versty I‹), einem lyrischen Tagebuch des Jahres 1916.

Ossip Mandelstam

Michail Kusmin, Anfang 20er Jahre

Von links: Nikolai Gumiljew, Sinowi Grschebin, Alexander Blok. Um 1920

1916
Jahreswechsel 1915/1916 mit Sophia Parnok in Petrograd.

Begegnet Michail Kusmin und Ossip Mandelstam, verpaßt aber die bewunderte Anna Achmatowa.

1916

Ende Januar und Ende Februar Besuche Mandelstams in Moskau. »Gedichte über Moskau«. Die kurze, im Juni nach einem erneuten Besuch Mandelstams jäh abbrechende Beziehung beschreibt sie später in »Geschichte einer Widmung«.

Erste Gedichte aus den großen Achmatowa- und Blok-Zyklen.

1917

Nach der Februarrevolution sympathisiert Marina Zwetajewa mit den Besiegten, sieht dann allerdings in Kerenski, dem Ministerpräsidenten der provisorischen Regierung, einen neuen Bonaparte.

Im April Geburt der Tochter Irina (1917–1920). Sommer auf der Krim. Bekanntschaft mit Ilja Ehrenburg.

Ablehnend zur Oktoberrevolution. Sergej Efron schließt sich den Gegnern der Revolution an. In den ab 1917 entstehenden Gedichten des späteren Zyklus »Schwanenlager« (›Lebedinyj stan‹) dichtet die Zwetajewa eine romantische Verklärung des Zaren und der weißen Freiwilligenbewegung.

Im November nach Moskau, mit Sergej sofort wieder zurück auf die Krim, danach erneut nach Moskau.

Sophia Holliday

1918
Der Versuch, die Kinder von Moskau auf die Krim zu bringen, schlägt fehl. Marina bleibt in Moskau, fünf Jahre getrennt von Mann und Schwester, die Zeit beschreiben ihre Notizen »Irdische Zeichen« (›Zemnye primety‹). Ein halbes Jahr angestellt im Volkskommissariat für Nationalitäten unter Volkskommissar Stalin.

1920
Die Tochter Irina stirbt in einem Kinderheim.

1921
Durch Vermittlung von Pjotr Kogan, einem einflußreichen Literaturkritiker, ständige Lebensmittelration.

Bekanntschaft mit Theaterleuten aus dem von Jewgeni Wachtangow geleiteten »Dritten Studio« des Künstlertheaters, darunter der Dichter Pawel Antokolski, die Schauspieler Wladimir Alexejew, Juri Sawadski und Sophia Holliday. Ihre Liebe zu Sophia Holliday beschreibt sie später in der »Erzählung von Sonjetschka« (›Povest' o Sonečke‹).

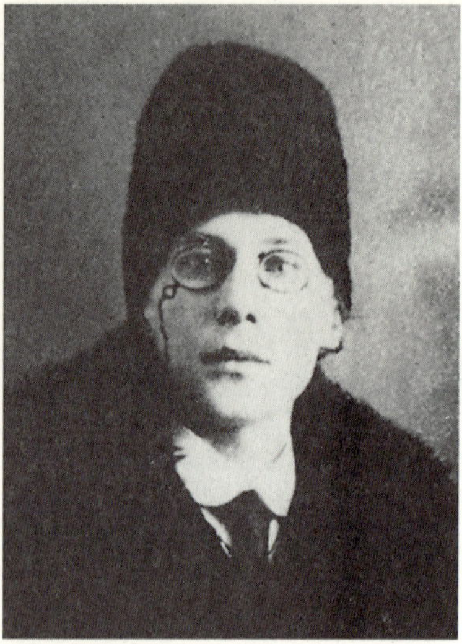

Andrej Bely, 1916

1917/1922
Es entstehen sechs Theaterstücke und die Gedichtbücher »Werstpfähle II« (›Versty II‹), »Schwanenlager« (›Lebedinyj stan‹), »Handwerk« (›Remeslo‹).

1922
Nachdem im Juli 1921 Nachricht von Sergej Efron gekommen war, der nach der Niederlage der Weißen Armee über Gallipoli und Konstantinopel nach Prag gegangen war und dort studierte, verläßt Marina Zwetajewa im Mai 1922 Moskau und geht zunächst nach Berlin, wo sie am 15. Mai 1922 eintrifft; sie wohnt in einer Pension am Prager Platz, danach Trautenaustraße 9.

Nach ihrer Ankunft in Berlin erscheinen »Werstpfähle I« und das Versepos »Zaren-Jungfrau« (›Car'-Devica‹) in einem in Moskau und Berlin arbeitenden Verlag. In Moskau erscheint das Stück »Casanovas Ende« (›Konec Kazanovy‹). In Berlin erscheinen die »Gedichte an Blok« (›Stichi k Bloku‹) und »Abschied« (›Razluka‹). Begegnung mit Andrej Bely, die sie bei Belys Tod 1934 in dem Text ›Gefangener Geist‹ beschreibt.

»Berlin. ›Prager Diele‹ am Prager Platz. Das Tischchen Ehrenburgs, umrankt von Bekannten und Unbekannten. Verlegern Antrieb, Verlegten Auftrieb. Tausch von Honoraren und Manuskripten. (Furcht, daß das eine wie das andere im Wert rasch fällt.) Ich sitze da, Teil des umgebenden Kreises. Und auf einmal durch alles hindurch – durch alle hindurch – ausgestreckte Hände – Locken – Strahlen: ›Sie? Sie‹ (Er wußte also nicht, wie ich heiße.) ›Hier? Ich bin glücklich! Schon lange da? Für immer da? War da unterwegs nicht so ein ...‹ (er verdreht die Augen) ›... Dunkelhaariger? Ein Dunkelhaariger Ihnen auf den Fersen durch Waggonschluchten, durch die stalaktitenstarrenden Weiten der Bahnhöfe ... Kein Hämmern mit dem Spazierstock ... nein? Sie ... erinnern sich genau, daß da nichts war?‹

›Ich bin kurzsichtig.‹

›Und er trägt eine Brille. Naja. Das ist ja auch der Witz, daß Sie, die nicht sehen, keine Brille tragen, und er, der sieht, eine Brille trägt. Kommen Sie dahinter?‹

›Das heißt, er kann auch nichts sehen?‹

›Er kann. Denn die Gläser sind nicht zum Sehen da, sondern zum Anders-Aussehen ... zum Ansichtswechsel. Ganz einfache. Oder sogar ... ganz ohne. Stellen Sie sich den Schreck vor: eine leere Brille, man stößt aus Versehen mit dem Finger zu – und da, ein warmes Auge, wie ein gerade erst ausgelöstes abgepelltes wabbelndes rundes Ei. Und mit diesen Augen – hart gekocht – erdreistet er sich, in Ihre zu blicken: klare, leuchtende Augen mit lebendigen Pupillen. Von erstaunlicher Reinheit in der Farbe. Wo habe ich solche gesehen? Wann?‹

›... Warum haben wir uns in Moskau so wenig getroffen, so flüchtig? Ich habe die ganze Kindheit über von Ihnen gehört. *Ihre* ganze Kindheit natürlich – doch Sie waren unsichtbar, Ihre ganze Kindheit über habe ich von Ihnen gehört. Wir beide hatten einen gemeinsamen Freund: Ellis, er hat mir immer von Ihnen erzählt und von Ihrer Schwester – Asja: Marina und Asja. Doch in letzter Minute, als wir beide Ihnen einmal entgegen mußten, ist er – abgebogen.‹

›Dabei haben Asja und ich uns so gewünscht, Sie einmal zu sehen! Und wie glücklich waren wir *damals* im »Don«, als zufällig ... ‹

›Sie? Sie? Sie waren das! Etwa die eine? Aber wo ist denn das rosige Gesicht? Ich konnte mich damals gar nicht daran sattsehen! Hingerissen war ich! Das rosigste und ernsteste Mädchen der Welt. Allen hab ich damals erzählt: »Ich habe heute das rosigste und ernsteste Mädchen der Welt gesehen!«‹

›Natürlich! Der Frost, das Wladimirer Blut und – Sie!‹

›Also sind Sie aus Wladimir?› (Intonation: aus Rjuriks Stamm?)

›Aus jenen Wäldern, u-u-undurchdringlich?‹

›Und ob, aus diesen Wäldern! Und dazu hoch aus der Stadt Tarussa, im Gouvernement Kaluga, wo auf jedem Grab eine silberne Taube sitzt. Ein Chlysten-Hort – Tarussa.‹

›Tarussa? Schwester!‹ (›Tarussa‹ sprach er aus wie ›Marusja‹, und die ›Schwester‹ hatte ich mir mit Tarussa zu teilen.) ›In Tarussa hat doch auch die Silberne Taube ihren Ursprung. Aus den Erzählungen Serjosha Solowjows – über jene Gräber...‹ (Unsere Tischrunde war längst verödet, zerstoben unter dem offenkundigen Lyrismus der Begegnung: unter der Langeweile ihrer Reinheit. Nun, mit der abermaligen Erwähnung von *Gräbern* geht auch der letzte.)

›Schwester also? Ich wußte immer, daß Sie mir Schwester sind. Sie – Tochter von Professor Zwetajew. Und ich – Sohn von Professor Bugajew. *Sie* – Professorentochter, *ich* – Professorensohn. Sie – Tochter, ich – Sohn.‹

Erschlagen von Unwiderlegbarkeit schweige ich.

›Wir Professorenkinder. Sie verstehen, was das bedeutet: Professorenkinder? Das ist ein ganzer Kreis, ein ganzes Credo.‹ (Vertiefende Pause.) ›Sie können sich gar nicht vorstellen, wie froh Sie mich machen. Das ganze Leben war ich ja, ich weiß nicht warum, *allein* Professorensohn, und das war mir stets wie ein Brandmal – oh, ich möchte nichts Übles über die Professoren sagen, manchmal meine ich, daß ich selbst ein Professor bin – aber, trotzdem ... einsam? Schicksalsschwer? Wenn ich schon ständig jemandes Sohn sein muß, würde ich es vorziehen, wie Andersen Sohn eines Sargtischlers zu sein. Oder eines Setzers ... Ehrenwort. Die Sauberkeit und Behaglichkeit des Handwerks. Empfinden Sie das nicht als Mal? Nein, natürlich nicht. Sie sind ja Tochter. Sie tragen nicht die Bürde der Erbfolge. Sie haben – ganz einfach geheiratet, ganz schnell einen Mann genommen – jawohl. Aber ein Sohn kann nur eine Frau heiraten, und das ist überhaupt nicht dasselbe, da seine Frau – die Frau des Sohnes von Professor Bugajew ist.‹ (Flüsternd: ›Und ein Bugaj, das ist ein Büffel.‹) Und wieder laut vernehmlich, mit entzücktem Lächeln: ›Zuchtbulle.‹«

Marina Zwetajewa, *Gefangener Geist [über Andrej Bely]*

Boris Pasternak, um 1930

Zwetajewa und Pasternak, die sich zwar schon in Moskau kennengelernt hatten, entdecken sich 1922 als ebenbürtig: Zwetajewa liest in Berlin Pasternaks Buch »Meine Schwester das Leben«, über das sie ihren ersten Essay schreibt, und Pasternak liest in Moskau »Werstpfähle I«. Kurz darauf beginnt der Briefwechsel der beiden; von den etwa 100 Briefen an Pasternak sind 19 erhalten, sehr viele sind aus Entwürfen in Zwetajewas Tagebuch zu rekonstruieren, von Pasternak sind 84 Briefe erhalten.

Im Sommer 1922 holt Sergej Efron Marina Zwetajewa und die Tochter nach Prag ab, wo auch Marina Zwetajewa mehrere Jahre ein kleines Stipendium erhält. Sie wohnen zunächst in Horní Mokropsy 19 (jetzt 66) und 33 (jetzt 90), dann in Praha-Smíchov, Švédská ulice 1373, schließlich in Dolní Mokropsy 37 (jetzt 642) und Všenory 23 (jetzt 324), einmal kurz in Jíloviště.

1923

Die Tochter geht kurze Zeit auf eine russische Schule in Moravská Třebova, und Sergej Efron zieht mit in dieses mährische Städtchen, das Marina Zwetajewa immer als der Inbegriff muffiger Spießigkeit erschien, sie selber wohnt inzwischen in der Švédská. Unterstützung durch Marc Slonim, den Herausgeber der sozialrevolutionären Zeitschrift »Wolja Rossii«, und Anna Tesková, Übersetzerin und Vorsitzende der Kultursektion in der Prager Tschechisch-Russischen Gesellschaft, einer Vertrauten, mit der sie die ganze Pariser Zeit über in regem Briefwechsel steht. Beginn des Briefwechsels mit dem jungen Berliner Kritiker Alexander Bachrach.

Die Statue des legendären Ritter Bruncvík auf der Prager Karlsbrücke

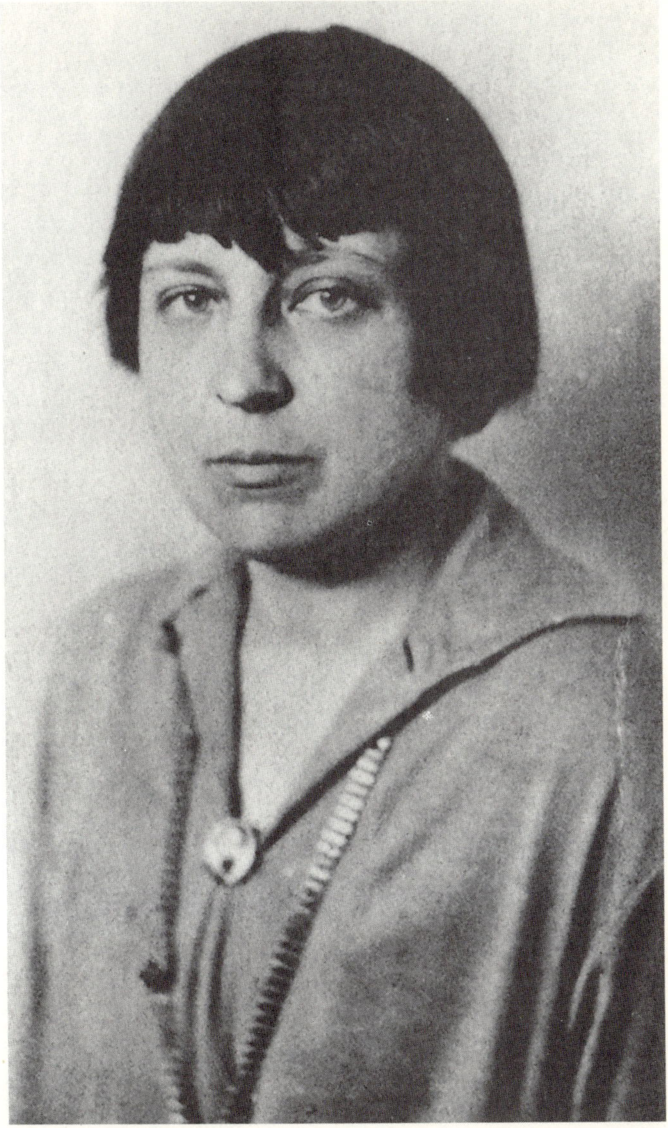

In der Tschechoslowakei, 1923/24

Mit der Tochter Ariadna, 1924

In Prag, 1924

Plan einer Theseus-Trilogie (»Ariadne«, »Phädra«, »Helena«).

In Berlin erscheint »Handwerk«. Arbeit an »Der schöne Jüngling« (›Molodec‹).

Zehnteiliger Gedichtzyklus »Leitungen« (›Provoda‹) und dreiteiliger »Der Dichter« (›Poet‹), beide Pasternak gewidmet, der im März 1923 nach Moskau zurückgekehrt war.

1924

Zwetajewa schreibt die großen Liebesgedichte »Poem vom Berg« (›Poema gory‹) und »Poem vom Ende« (›Poema konca‹), die Konstantin Rodziewicz gewidmet sind, einem ehemaligen Offizier der Weißen Armee und Studienkollegen ihres Mannes, mit dem sie im Herbst und Winter 1923 gelebt hatte.

Die Versdramen »Schneesturm« (›Metel‹), »Fortuna«, »Ein Abenteuer« (›Priključenie‹) und »Phoenix« erscheinen in Zeitschriften. Freundschaft mit Olga Tschernowa-Kolbasina, der ehemaligen Frau des letzten Vorsitzenden der Sozialrevolutionären Partei, Viktor Tschernow, und den Familien der Schriftsteller Jewgeni Tschirikow und Leonid Andrejew.

1925

In Všenory bei Prag wird Zwetajewas Sohn Georgi/Mur (1925–1944) geboren.

Arbeit an der Verserzählung »Der Rattenfänger« (›Krysolov‹).

Erinnerungen an Valeri Brjussow »Ein Held der Arbeit« (›Geroj truda‹).

Im Herbst Reise nach Paris, wo sie zu bleiben beschließt.

1926

Im Februar große Lesung in Paris.

Verkehrt mit Konstantin Balmont, Alexej Remisow, Lew Schestow, Fjodor Stepun, Nikolai Ossorgin und Boris Saizew.

Finanziell unterstützt von Fürst Swjatopolk-Mirski, Salomea Halpern-Andronnikowa und Jelena Iswolskaja, siedelt sie sich nach einigem Suchen in Meudon an, Avenue Jeanne d'Arc 2.

Im März Lesereise nach London auf Einladung des Kritikers und Übersetzers Swjatopolk-Mirski.

»Der Rattenfänger« erscheint in »Wolja Rossii«.

Durch Vermittlung von Pasternak Briefwechsel mit Rainer Maria

In Paris, 1925

Rainer Maria Rilke. In Paris, 1925

Rilke und parallel mit Boris Pasternak. Pasternak denkt, sich mit Marina Zwetajewa verbinden zu müssen, Marina Zwetajewa mit Rilke.

Unmittelbar nach Rilkes Tod am 29. Dezember 1926 Briefdichtung »Zum Neuen Jahr. Brief an Rilke«, danach der Essay »Dein Tod«.

»Dichterin, fühlst Du, wie Du mich überwältigt hast, Du und Dein herrlicher Mitleser, ich schreibe wie Du und gehe wie Du die paar Stufen hinunter aus dem Satz in das Zwischengeschoß der Klammern, wo die Decken so niedrig sind und wo es nach frühen Rosen riecht, die nie aufhören. Marina: *wie* hab ich Deinen Brief bewohnt. Und wie erstaunlich, wenn der Würfel Deines Wortes, nachdem der Wurf schon ausgerufen war, noch eine Stufe tiefer fiel, die ergänzende Zahl zeigend, die endgültige (oft noch größere). Eine Naturkraft, Du Liebe, das, was hinter dem fünften Element steht, es erregend und ballend? ... Und mir wieder war, als hätte aus Dir die Natur mir zugestimmt, ein ganzer jasagender Garten um einen Brunnen, um was noch? um eine Sonnen-Uhr. Wie Du mich überwächst und überwehst mit dem hohen Phlox Deines Wortsommers.«

Rainer Maria Rilke an Marina Zwetajewa

»Mit dem Rilke-Mensch meinte ich den, der lebt, druckt, den man liebt, der schon so vielen gehört, der schon müde sein muß von der vielen Liebe. – Nur die vielen menschlichen Anknüpfungen meint ich! – Mit dem Rilke-Mensch meinte ich *das*, wo es für mich keinen Platz gibt. Darum der ganze Satz von Dichter und Mensch – reiner Verzicht, Entsagen, daß Du nur nicht denkst, daß ich mich in Dein Leben, in Deine Zeit, in Deinen Tag (Arbeits- und Gesellschaftstag) dränge, der ein für allemal geplant und verteilt ist. Ein Verzicht, daß es nachher nicht weh tue: der erste Name, das erste Datum, dran man sich stößt und von denen man verstoßen wird. (*Vor*sicht – Verzicht!)

Lieber, ich bin gehorsam. Wenn Du mir sagst: schreibe nicht, es regt mich auf, ich brauche mich für mich sehr.

Alles werd ich verstehn und bestehn.

»Ich schreibe Dir auf der Düne, im dünnen Dünengras. Mein Sohn (1 J., 3 M. Georg – zu Ehren unserer Weißen Armee. Und der Boris glaubt ein Sozialist zu sein! Glaubst *Du's*?) – also, mein Sohn sitzt auf mir rittlings (fast auf meinem Kopf!) und nimmt mir den Blei weg (schreib grad ins Heft). Er ist so schön, daß alle alten Frauen (*die* Trachten! wärst du hier!) nur einen Ausruf haben: »Mais c'est un petit Roi de Rome!« Eine bonapartistische Vendée – seltsam? Den König haben sie schon vergessen, das Wort Kaiser klingt noch. Unsere Wirte (Fischer und Fischfrau, ein Märchenpaar, zusammen 150 Jahre!) wissen noch viel von dem letzten Kaisertum. – Kinder in Mehrzahl? Liebster, ich hab lächeln müssen. *Kinder* – das Wort dehnt sich (zwei oder sieben?). Zwei, Liebster, ein 12jähriges Mädchen und ein 1jähriger Junge. Zwei kleine Riesen aus dem Kinder-Walhalla. Prachtkinder wie selten. Die Ariadne wie hoch? Oh, fast höher als ich (bin nicht klein) und zweimal so dick (*nichts wieg ich*).«

Zwetajewa an Rilke (13. Mai 1926)

»Wenn jemand uns zusammenträumt – dann treffen wir uns.

Rainer, ich will zu Dir auch der neuen Marina wegen, der, die nur mit, in Dir entstehen kann. Und dann, Rainer (»Rainer« – das Leitmotiv zum Briefe) – sei mir nicht bös, *ich* bins ja, ich will mit Dir schlafen – einschlafen und schlafen. Das herrliche Volkswort, wie tief, wie wahr, wie unzweideutig, wie genau das, was es sagt.

Einfach – schlafen. Und weiter nichts. Nein, doch: den Kopf in Deine linke Schulter eingegraben, den Arm um Deine rechte – und weiter nichts. Nein, noch: und bis in den tiefsten Schlaf wissen, daß Du's bist. Und noch: wie Dein Herz klingt. Und – Herz küssen.

Manchmal denk ich: ich muß den Zufall ausnützen, daß ich noch (doch!) Körper bin. Bald hab ich keine Arme mehr. Und noch – es klingt wie Beichte (was ist Beichte? Mit seinen Schwärzen prahlen! Wer könnte von seinen Leiden sprechen, ohne begeistert, das heißt glücklich zu sein?!) – also, mag es nicht wie Beichte klingen: die Körper langweilen sich mit mir. Sie spüren was und glauben mir (dem meinigen) nicht, obwohl ich alles tu wie alle. Zu … uneigennützig, vielleicht, zu … wohlwollend. Auch zutraulich – *zu*! Zutraulich sind Fremde (Wilde), die von keinem Gebrauch und Gesetz wissen. *Hiesige* trauen nicht! Alles dies gehört nicht in die Liebe, Liebe hört und fühlt nur sich selbst, sehr örtlich und pünktlich, *das* kann ich nicht nachmachen und – das große Mitleid, wer weiß woher, unendliche Güte und – Lüge.

Ich fühle mich immer älter. Zu ernst – das Kinderspiel, ich nicht ernst genug.

Den Mund hab ich immer als Welt gefühlt: Himmelsgewölbe, Höhle, Schlucht, Untiefe. Ich habe den Körper immer in die Seele übersetzt (*ent*körpert!), die »physische« Liebe – um sie lieben zu können – so verherrlicht, daß plötzlich nichts von ihr blieb. Mich in sie vertiefend, *sie* ausgehöhlt, in sie eindringend, sie verdrängt.«

Zwetajewa an Rilke (2. August 1926)

1927

Die Veröffentlichung des Essays »Dichter über Kritiker« (›Poet o kritike‹) mit Angriffen auf mehrere Kritiker der Emigration, die die neuen Entwicklungen in der Poesie nicht unterstützten (den Impressionisten Juli Aichenwald, den Post-Akmeisten Georgi Adamowitsch, aber auch die hochrenommierten Altmeister der Emigration Sinaida Hippius und Iwan Bunin), löst einen Sturm gegen Zwetajewa aus, der zu Entzweiungen in der Pariser russischen Emigration führt. Das erste Heft der nach ihren Gedichtsammlungen benannten Zeitschrift »Werstpfähle« trug das seine zum Eklat bei: Es druckte beifällig sowjetische Texte, etwa von Pasternak und Artjom Wesjoly.

1928
Zwetajewa druckt die zwischen 1922 und 1925 geschriebenen Gedichte in der Sammlung »Nach Rußland« (›Posle Rossii‹). Auch erscheinen Teilabdrucke aus »Schwanenlager« in einer Emigrantenzeitschrift, die jedoch wegen ihrer Solidarisierung mit Majakowski bei dessen Parisbesuch von der Redaktion abgebrochen werden.

Arbeit am Poem »Perekop«, Grundlage sind die Bürgerkriegstagebücher ihres Mannes Sergej Efron aus der Zeit bei der Weißen Armee.

Beziehung zu Nikolai Gronski (1909–1934), einem jungen Dichter und Redakteur der Zeitung »Poslednie nowosti«; der Briefwechsel 1928–1930 zählt 99 Briefe von Zwetajewa, 41 von Gronski.

Bekanntschaft mit der Malerin Natalja Gontscharowa.

1929
Essay »Natalja Gontscharowa«, gedruckt in »Wolja Rossii«.

Ende der 20er Jahre
Arbeit an einem großen Poem »Die Familie des Zaren«; der Text ging bis auf eine Variante des Prologs (»Sibirien«) verloren.

1930
Erinnerungen an Mandelstam »Geschichte einer Widmung« (›Istorija odnogo posvjaščenija‹). Übersetzt ihre Dichtung »Der schöne Jüngling« ins Französische für eine nicht verwirklichte Ausgabe mit Illustrationen von Natalja Gontscharowa.

»Zwölf Jahre hindurch tötete Majokowski, der Mensch, in sich Majakowski, den Dichter, im dreizehnten stand der Dichter auf und tötete den Menschen.

Wenn es in diesem Leben Selbstmord gibt, dann nicht da, wo man ihn sieht, und gedauert hat er nicht den Druck auf den Abzug lang, sondern zwölf Jahre seines Lebens.

Kein staatlicher Zensor ist mit Puschkin so umgesprungen wie Majakowski mit sich selbst.

Wenn es in diesem Leben Selbstmord gibt, dann nicht einen, es sind zwei, und beide sind kein Selbstmord, denn der erste ist – eine Tat, der zweite – eine Feier. Die Überwindung der Natur und die Verherrlichung der Natur.

Er lebte wie ein Mensch und starb wie ein Dichter.«

Marina Zwetajewa, *Die Kunst im Licht des Gewissens*

1931
Öffentliche Lesung des siebenteiligen Majakowski-Zyklus und der Erinnerungen an Mandelstam.

1932
Essay »Der Dichter und die Zeit« (›Poet i vremja‹) in »Wolja Rossii«.

Umzug in das billigere Clamart, rue Condorcet 101, später rue Lazare Carnot 10.

Sergej Efron seit 1930 wieder häufig krank in Sanatorien. Er schließt sich der Bewegung zur Rückkehr in die Heimat an, wird 1934 der Generalsekretär der Organisation und ist für den sowjetischen Geheimdienst tätig, wovon Marina Zwetajewa bis 1937 nichts weiß oder wahrhaben will.

Nachdem die Zeitschrift »Wolja Rossii« ihr Erscheinen eingestellt hat, lebt die Familie in äußerster Armut – Pferdefleisch, Eier nur zu Ostern, Butter allein für den Tbc-kranken Mann, für die Tochter in 14 Jahren 2 neue Kleider. Etwas leichter wird es, als Sergej Efron aus seiner neuen Tätigkeit Geld beisteuert.

1932/1934
Schreibt an dem »Lettre à l'Amazone«, halb Essay, halb Geschichte einer lesbischen Liebe, gerichtet an Natalie Clifford Barney (1876–1972), der sie in ihrem Pariser Salon zuerst begegnet war.

»Es ist der einzige fehlbare Punkt, der einzige anfechtbare Punkt, die einzige Bresche in dieser vollkommenen Ganzheit, welche zwei sich liebende Frauen darstellen. Das Unmögliche besteht nicht darin, der Ver-

Wladimir Majakowski
Oben: 1916, unten: (unmittelbar nach seinem Selbstmord) 1930

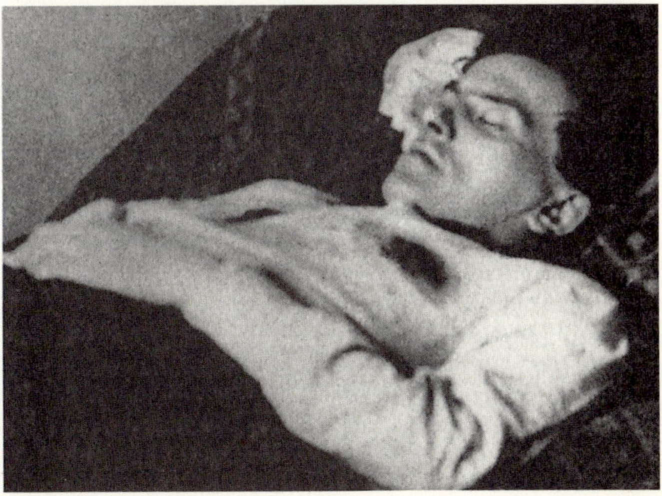

suchung des Mannes zu widerstehen, sondern dem Bedürfnis nach dem Kind.

Einziger schwacher Punkt, der das ganze Anliegen untergräbt. Einziger anfechtbarer Punkt, der den ganzen Feindeskörper eindringen läßt. Denn selbst wenn wir eines Tages ein Kind *ohne ihn* haben könnten, werden wir nie ein Kind von ihr haben, ein weibliches kleines Du, das wir lieben dürften.

(Eine Adoptivtochter? Nicht die deine, nicht die meine? Die zudem zwei Mütter hätte? Wie die Natur restlos tut, was sie tut.) Das Kind: einziger anfechtbarer Punkt, der das ganze Anliegen untergräbt. Der einzige, dasjenige des Mannes zu retten. Und jenes der Menschheit.

Allzu ganze Ganzheit. Allzu eine Einheit. (›Zwei werden eines.‹ Nein – zwei werden *drei*.) Straße, die nirgendwohin führt. Ausweglosigkeit. Kehren wir um.

Du magst schön sein, du magst diejenige sein – die erste Null wird triumphieren über dich. Null, die gesegnet sein wird. Du jedoch wirst verworfen bleiben.

– Aber das ist doch derselbe Fall, wie wenn man kein Kind von *diesem* Mann haben kann. Ist das ein Grund, ihn zu verlassen?

Der Ausnahmefall kann nicht mit einem Prinzip ohne Ausnahme verglichen werden. Ein ganzes Geschlecht, ein ganzes Anliegen, eine ganze Angelegenheit ist verurteilt in jedem Falle einer Liebe zwischen Frauen.

Den Unfruchtbaren um seines fruchtbaren Bruders willen zu verlassen, ist etwas anderes, als die ewig Unfruchtbare um des ewig fruchtbaren Feindes willen zu verlassen. Dort nehme ich Abschied nur von dem einen Mann, hier nehme ich Abschied vom ganzen Geschlecht, vom ganzen Anliegen, von allen Frauen in dieser einzigen.

Nur das Gegenüber wechseln. Das Ufer und die Welt wechseln.

Oh! Ich weiß, manchmal dauert es bis auf den Tod. Anrührendes und erschreckendes Bild, auf einem wilden Ufer der Krim: zwei schon ältere Frauen, die ihr Leben zusammen verbracht haben. Die eine war die Schwester des großen slawischen Denkers, der zur Zeit in Frankreich so vielfach gelesen wird. Dieselbe lichtvolle Stirn, dieselben Augen voller Sturm; derselbe fleischige, nackte Mund. Doch um die beiden herum war eine leerere Leere als um ein altes unfruchtbares ›normales‹ Paar, eine stärker absondernde, einleerende Leere.

Und sei es nur deshalb, einzig deshalb – verworfenes Geschlecht.

Vielleicht ist es, wenn die Jüngere tieffühlend ist, auch der Schrecken dieses Verworfenseins, der sie zum Fortgehen zwingt. ›Was werden die Leute sagen‹ fällt nicht ins Gewicht, darf nicht ins Gewicht fallen, denn alles, was sie sagen, ist schlecht gesagt, alles, was sie sehen – falsch gesehen. Der scheele Blick des Neids, der Neugier, der Gleichgültigkeit. Die Leute haben nichts zu sagen, sie, die im Übel zu Hause sind.

Gott? Gott hat ein für allemal mit der sinnlichen Liebe nichts zu schaffen. Mit irgendeinem geliebten Namen verbunden oder ihm entgegengesetzt, mag es ein männlicher oder ein weiblicher sein, klingt sein Name wie ein Sakrileg. Es gibt unvereinbare Dinge: Christus und die sinnliche Liebe. Gott hat nichts zu schaffen in diesem Elend, es sei denn, daß er uns davon heile. Er hat ein für allemal gesagt: – Liebet mich, den Ewigen. Alles andere ist nichtig. In demselben Maße, unrettbar nichtig. Gerade dadurch, daß ich einen Menschen mit jener Liebe liebe, verrate ich Ihn, der für mich und für den andern am Kreuze einer anderen Liebe gestorben ist.

Kirche und Staat? Werden nichts zu sagen haben, solange sie Tausende von jungen Menschen segnend dazu antreiben, sich gegenseitig zu töten.

Doch was wird die Natur sagen, was sagt sie, diese einzige Urteilsvollstreckerin und Rächerin der Abweichungen unserer Körper. Die Natur sagt: Nein. Indem sie es uns verbietet, verteidigt sie sich selber. Gott, wenn er uns eine Sache verbietet, tut es aus Liebe zu uns, wenn die Natur es uns verbietet, tut sie es aus Liebe zu sich selbst, aus Haß auf alles, was nicht sie selber ist. Die Natur haßt das abgeriegelte Kloster ebensosehr wie die Insel, wo der Kopf des Orpheus an Land gespült wurde. Ihre Rache ist unser Verfall. Nur haben wir im Kloster Gott, uns zu helfen, dort jedoch, auf der Insel, einzig das Meer, uns in ihm zu ertränken.

Die Insel – Erde, die keine ist, eine Erde, der man nicht entkommt, eine Erde, die man zu lieben hat, da man zu ihr verurteilt ist. Ein Ort, von dem aus man alles sieht, von dem aus man nichts erwirken kann.

Erde der gezählten Schritte. Ausweglosigkeit.

Die große Unglückliche und große Dichterin [Sappho] hat den Ort ihrer Geburt gut gewählt.«

Marina Zwetajewa, *Mein weiblicher Bruder. Brief an die Amazone*

1933
Erscheinen des Essays über Majakowski und Pasternak »Epos und Lyrik im heutigen Rußland«.

Briefwechsel mit Juri (George) Ivask, der ein Buch über die Dichterin plante.

Schreibt große Teile ihrer autobiographischen Aufzeichnungen über ihre Mutter (»Meine Mutter und die Musik«, »Mutters Märchen«, »Der Teufel«), über die Zeit in Tarussa (»Die Kirillownas«) und in Freiburg, über den Vater (»Das Museum Alexanders III.«, »Der Lorbeerkranz«, »Museumseröffnung«) und die Familie der ersten Frau ihres Vaters.

Arbeitet an der Untersuchung zu Shukowskis »Erlkönig«-Nachdichtung (»Zwei ›Erlkönige‹«).

1934
Ein neuer Essay über Pasternak erscheint in Belgrad.

Schreibt die dem Dichter Wladislaw Chodassewitsch gewidmeten Erinnerungen an Andrej Bely, »Gefangener Geist«.

Aufsatz zum Tod Nikolai Gronskis »Dichter und Bergsteiger«.

1935
Umzug nach Vanves, rue Jean-Baptiste Potin 33.

Februar. Vortrag »Meine Begegnung mit Blok« (Manuskript verschollen).

Juni. Begegnung mit Pasternak und Nikolai Tichonow auf dem Pariser Schriftstellerkongreß zur Verteidigung der Kultur.

1936
Sieben weitere Texte zur Erinnerung an ihren Vater in Französisch.

Briefwechsel mit dem jungen Dichter Anatoly Steiger, der die Dichterin aus einem Lungensanatorium um Hilfe gebeten hatte; sie widmet ihm die »Verse an eine Waise« (›Stichi sirote‹).

»Rede über Balmont« aus Anlaß des fünfzigsten Jahrestags seines literarischen Beginns.

Erinnerungen an Michail Kusmin: »Ein unirdischer Abend«.

»In Meudon, einem kleinen malerischen Vorort von Paris wohnte ich die dreißiger Jahre über in unmittelbarer Nähe von Marina. Sie kam häufig in unser Haus, wo außer meiner Mutter und mir noch viele Russen wohnten. Gegenüber war ein russischer Lebensmittelladen, in dem wir einkauften und der zu einer Art Klub geworden war.

Mit dem Sohn Georg, 1933

Marina war sehr beliebt bei den Mietern unseres Hauses, obwohl kaum jemand ihre Gedichte las. In ihren politischen Auffassungen waren sie alle ganz verschieden, und sogar in den Familien gab es manchmal Streit darüber. Marina trug manchen ihre Gedichte über die weiße Bewegung vor, anderen ihr Poem ›Der schöne Jüngling‹, das der Folklore folgte. Verstanden haben sie weder die einen noch die anderen, aber es herrschte ›friedliche Koexistenz‹.

Wir besuchten Marina oft. Sie freute sich immer und führte mit uns endlose Gespräche: über Poesie, über Kunst, über Musik, über die Natur. Nie habe ich wieder eine so glänzende Gesprächspartnerin getroffen. Wir gingen immer abends zu ihr, und sie bewirtete uns mit Tee und Wein. An Feiertagen verwöhnte sie uns: zur Butterwoche mit Plinsen, nach der Ostermesse mit Pascha und Kulitsch. Wir gingen zusammen in die kleine Kirche des hl. Johannes, die sehr karg war, aber schön ausgemalt. Marina sprach selten über Religion, befolgte aber die kirchlichen Bräuche streng und reinen Herzens. Die Messe in Meudon war wie eine Fortsetzung der Osternacht in Moskau …

Selbst eine Verdammte, teilte Marina Zwetajewa die Verdammnis anderer. Sie liebte alle, die litten, verloren, ›nicht spielten‹ und ›nicht gewannen‹, mit ihnen war sie befreundet, mit ihnen ›hielt sie Schritt‹. Fast alle ihre Gedichte und viele, viele Seiten ihrer wundervollen Prosa sind voller Verlust, Abschied, Trennung, Tod. Als ich ihren Briefwechsel mit Anatoly Steiger las, war mir völlig klar, daß das für sie in erster Linie und *nur* der Briefwechsel mit einem Sterbenden war, mit dem Tod. Die Hoffnung auf irdisches Glück, auf Begegnung hier unter unserer Sonne, suchte man in ihren Briefen an ihn vergebens. Ja, sie schreibt von dieser Begegnung, von der Aussicht auf Genesung, sie spannt dieses Thema wie eine Saite bis zum äußersten, weil sie weiß, daß sie reißt. Darin lag, wie sie es selber sagte, die ›Größe des Mythos‹.«

Jelena Iswolskaja, *Dichter der Verdammnis*

»Für Freundschaft oder, was dasselbe ist – Dienst –, brauche ich eine gesunde Wurzel. Freundschaft und Herablassung, nur Mitleid – ist Erniedrigung. Ich bin nicht Gott, daß ich mich herablassen kann. Ich selber brauche einen Höheren oder wenigstens einen Gleichen. Von welcher Gleichheit sprech ich? Es gibt nur eine – die Gleichheit der Anstrengung. Es ist mir vollkommen gleichgültig, wieviel Sie tragen können, wichtig ist für mich, wie Sie sich spannen können. Anstrengung ist Wollen. Und wenn Sie dieses Wollen nicht haben, haben wir miteinander nichts zu tun … Wenn Sie nach Paris gekommen wären wegen Ihrer Einsamkeit … ich hätte Ihnen beide Hände entgegengestreckt und sofort wieder fallengelassen: leb allein! Aber Sie kommen zu Nichtigen, ins Nichtige, einfach – ins Nichts, in die *Boheme*, die leerer ist als das Nichts; für nichts verbrennen – zu keines Ruhm, zu keines Erwärmen sogar – wie können Sie das wagen, Sie ein Dichter!«

Marina Zwetajewa an Anatoly Steiger

1937
Erneute Beschäftigung mit Puschkin anläßlich seines 100. Todestags: »Mein Puschkin« und »Puschkin und Pugatschow«, Rückkehr der Tochter Ariadna Efron nach Moskau.

Bei der Nachricht vom Tod von Sophia Holliday, die ihr ihre Tochter aus Moskau schickt, Beginn der autobiographischen »Erzählung von Sonetschka«.

Im Oktober erfährt sie von Efrons Verwicklung in politische Morde an einem ehemaligen GPU-Mann und an Trotzkis Sohn. Haussuchung und Verhör durch die französische Polizei.

»Eigentlich ist jeder Dichter ein Emigrant, auch einer in Rußland. Ein Emigrant aus dem Himmelreich und dem irdischen Paradies der Natur. Der Dichter trägt – und so alle Leute in der Kunst – aber der Dichter besonders – den Stempel des Unbehausten, an dem man den Dichter noch in seinem eigenen Hause erkennt. Emigrant aus der UNSTERBLICHKEIT in die Zeit, der nicht zurückkehrt in seinen Himmel. Ganz unterschiedliche Dichter kann man nehmen und im Geiste nebeneinander stellen – wessen Gesicht zeigt – Anwesenheit? Alle – dort. Bodenständig, volkstümlich, national, Rasse, Klasse – die Zeitgenossenschaft selber, die sie schaffen – alles nur Oberfläche, erste oder siebente Schicht der Haut, aus der er so schnell wie möglich fährt. »Wie spät? So fragt die Neugier. Er sagt den Fragern: Ewigkeit.« – Mandelstam über Batjuschkow. Und: »Welches Jahrhundert habt ihr draußen, Kinder?« Boris Pasternak über sich. Alle Dichter aller Zeiten sagen ein und dasselbe. Und das bleibt genauso an der Oberfläche der Haut der Welt wie die sichtbare Welt an der

Oberfläche der Haut des Dichters. Angesichts dieser Emigration – was ist da – unsere!«

Marina Zwetajewa, *Der Dichter und die Zeit*

»Doch ist da noch etwas außer der Wirkung des Zaubers, des physischen Zaubers auf Puschkin – von Pugatschow: die Leidenschaft jedes Dichters *für den Aufruhr*, verkörpert von einem einzigen. Für den Aufruhr eines Kopfs mit zwei Augen. Für den einhäuptigen, zweiäugigen Aufruhr. Für den einen gegen alle – und ohne alle. Für den, der *übertritt*.

Ohne die Leidenschaft für den, der übertritt, ist man nicht Dichter. (Daß sich diese Leidenschaft für den, der übertritt, in einer revolutionären Ordnung beim Dichter in *Konterrevolution* verkehrt, ist natürlich, verkehren sich doch die Aufrührer selbst – in die Macht.) ...

Bei Blok gibt es ein magisches Wort: tainy shar, *geheime Gut*. Ein Wort, das mich beim ersten Lesen mit einem Wiedererkennen verbrannte: ich bis zu sieben Jahren, ich ganz bis zu sieben Jahren (später – zählt nicht, denn glühender wurde es nicht). Ein Wort, das – der Schlüssel zu meiner Seele – und zur ganzen Lyrik ist:

In übermächtiger Qual fluchst du dem Leben,
Weil es zu lieben keinen dir gegeben.
Die Antwort hör in meinen Worten beben:
Ihre geheime Glut, sie hilft dir leben.

Sie hilft dir leben. Nein! Sie bedeutet – leben. Geheime Glut ist – leben.

Und jetzt, da ich ein Leben gelebt habe, kann ich sagen: alles, worin diese geheime Glut war, habe ich geliebt, und alles, worin sie nicht war, nicht lieben können. (Geheime Glut war auch in Kapitän Scott, der mit letzter, eben *geheimer* Glut seine Polartagebücher erhitzte.)

... Wenn Puschkin über Napoleon, seinen und aller Weltlyrik Gott, als Antwort an einen müßigen Räsoneur, der ihm ausreden wollte, daß Napoleon in Jaffa Pestkranke berührt habe, wenn Puschkin über Napoleon sagen konnte:

Uns ist als niedriger Wahrheit Dickicht
Teurer die Täuschung, die erhebt.

– wieviel besser klingt das über Pugatschow, über welchen er unbestreitbare niedrige Wahrheiten mit den Augen herausgelesen und mit eigener Hand herausgeschrieben hatte – einige Monate lang.

Über Napoleon hat Puschkin das gesagt.

Mit Pugatschow hat er es verwirklicht.

Nach Beendigung der »Hauptmannstochter« blieb nicht eine einzige niedrige Wahrheit über Pugatschow in uns zurück, aus dem ganzen dunklen Dickicht niedriger Wahrheiten nicht eine.

Gereinigt.

Und diese Reinheit ist – der Dichter.

Niedriger Wahrheit Dickicht …

Es gibt keine niedrigen Wahrheiten und hohen Täuschungen, es gibt nur niedrige Täuschungen und hohe Wahrheiten. Und noch eins. Wahrheiten kommen nicht in dunkler Unzahl (rauhe Menge, Tmutarakan und so weiter). Nur Täuschungen.«

Marina Zwetajewa, *Puschkin und Pugatschow*

»In den letzten Tagen verbreitete sich in Paris das Gerücht, daß nach der geheimnisvollen Abreise von N. N. und N. A. Klepinin auch der ehemalige Eurasier S. J. Efron, der vor einigen Jahren auf die sowjetische Plattform übergegangen und in den »Bund zur Rückkehr in die Heimat« eingetreten war, Paris verlassen habe. Es hieß, Efron habe Paris nicht allein, sondern mit seiner Frau, der bekannten Schriftstellerin und Dichterin M. I. Zwetajewa, verlassen. Um diesen Gerüchten nachzugehen, fuhr unser Korrespondent gestern nach Vanves, wo M. I. Zwetajewa und S. J. Efron in der letzten Zeit wohnten.

M. I. Zwetajewa wohnt weiter in Vanves und ist nirgendhin verreist.

›Vor zwölf Tagen‹, teilte uns M. I. Zwetajewa mit, ›verließ mein Mann in eiligem Aufbruch unsere Wohnung in Vanves und sagte, er führe nach Spanien. Seither habe ich keine Nachricht von ihm. Seine sowjetischen Sympathien sind mir natürlich genauso gut vertraut wie allen, die meinen Mann kannten. Seine starke Anteilnahme an allem, was die spanischen Angelegenheiten betraf, war mir auch bekannt (man weiß ja, daß der ›Bund zur Rückkehr in die Heimat‹ eine ganze Reihe von Freiwilligen nach Spanien entsandt hat). Ob er sich sonst politisch betätigte und wie im einzelnen, weiß ich nicht.

Am 22. Oktober, gegen sieben Uhr morgens, erschienen bei mir vier Polizeiinspektoren und durchsuchten das Haus, beschlagnahmten die Papiere und die Korrespondenz meines Mannes.

Dann wurde ich in die Sûreté Nationale gebeten, wo man mich meh-

Sergej Efron in Paris, 1937

In den frühen dreißiger Jahren, in Frankreich

rere Stunden verhörte. Über meinen Mann konnte ich nichts weiter mitteilen.«

N. P. W. in ›Poslednie Nowosti‹ vom 24. Oktober 1937

1938
Umzug in das Pariser Hotel »Innova« am Boulevard Pasteur 15.

Plan einer Arbeit über den legendären Ritter Bruncvík, dessen Standbild unterhalb der Karlsbrücke sie als ihren »Mittelpunkt«, ihr »Herz« von Prag empfand.

Bei der Besetzung der Tschechoslowakei durch die Nazis: »Gedichte an Böhmen« (›Stichi k Čechii‹).

1939
Auf Anraten von Juri Ivask gibt sie Manuskripte in die Bibliothek der Universität Basel. Nach völliger Isolierung in der Pariser Emigration kehrt Marina Zwetajewa mit ihrem Sohn am 18. Juni in die Sowjetunion zurück.

Die erhoffte Wiederbegegnung mit der Schwester, dem Mann und der Tochter findet unter schwersten Bedingungen statt: Anastasia ist im Arbeitslager. Sergej Efron und Alja wohnen auf einer überwachten Datscha in Bolschewo bei Moskau. Am 27. August wird Alja verhaftet, am 7. November Sergej Efron. Schwester und Tochter überleben, Efron wird (nach nicht ganz sicheren Angaben) 1941 erschossen. Marina Zwetajewa trifft alte und neue Freunde – Boris Pasternak, Anna Achmatowa, Alexej Krutschonych, Boris Sadowskoi, den Maler Lew Bruni, dann Lidija Tolstaja-Libedinskaja, Semjon Lipkin und Arseni Tarkowski. Sie lebt von Versübersetzungen (Iwan Franko, Washa Pshawela, Baudelaire, García Lorca), die ihr Viktor Golzew besorgt. Bis Juni 1940 wohnt sie in einem Schriftstellerheim in Golizyno bei Moskau.

1940
Im Herbst 1940 zieht sie in eine Moskauer Wohnung auf dem Pokrowski Boulevard 14/5, Wohnung 62.

Plan einer Ausgabe ihrer Gedichte.

In Moskau, 1940

»Ein Jahr (ungefähr) suche ich schon den Haken ... Ein Jahr messe ich mir den Tod an. Alles häßlich und schrecklich. Was schlucken – ekelhaft, springen – feindlich, die Urabneigung gegen Wasser. Ich will nicht erschrecken (nach dem Tode), mir scheint, ich hab schon selber Angst vor

In Moskau, Juni 1941

mir als Toter. Ich will nicht sterben. Ich will nicht leben. Unsinn. Solange man mich braucht … aber Gott, wie klein ich bin, wie ich doch nichts ausrichte! Weiterleben – weiterkäuen. Bitteren Wermut.«

Marina Zwetajewa, *Tagebuch.* September 1940

1941
Nach dem Überfall der Nazis auf die Sowjetunion wird Marina Zwetajewa nach Jelabuga in der Tatarischen Autonomen Sowjetrepublik evakuiert. Am 21. August trifft sie ein, am 31. August erhängt sie sich und wird in einem Gemeinschaftsgrab beigesetzt. Ihrer Verfügung für den Tod kann nur geistig gefolgt werden:

»Ich möchte in Tarussa auf dem Chlysten-Friedhof begraben liegen unter einem Holunderstrauch, in einem der Gräber mit einer silbernen

Taube, da, wo die größten und rotesten Walderdbeeren unserer Gegend wachsen.

Wenn aber das nicht geht, wenn nicht nur ich nicht dort liegen kann, sondern auch der Friedhof nicht mehr da ist, soll man mir auf einem der Hügel, über die die Kirillownas zu uns nach Pesotschnoje kamen und wir zu ihnen nach Tarussa, einen Stein aus dem Steinbruch von Tarussa aufstellen:

Hier wollte Marina Zwetajewa ruhen.«

Jelabuga. Das Haus, in dem Marina Zwetajewa starb

# Quellenhinweise

*Heut nacht, Baut einer kein Haus, Diese Augen, Morgendämmerung überm Gleis, Prager Ritter, Versuch einer Eifersucht, Der Schuß – gezielt in die Seele, Die Adern geöffnet, Die Trommel, Sie nahmen, Klage des Zorns und der Liebe*

Aus: Marina Zwetajewa, Maßlos in einer Welt nach Maß. Herausgegeben von Edel Mirowa-Florin. Berlin (Verlag Volk und Welt) 1980

*Ich reiß dich aus jeder Erde, Ich weiß, Der Vorhang, Die Klinge, Ab-stand, Strophen an den Sohn, Die Höhle*

Aus: Marina Zwetajewa, Gedichte. Herausgegeben von Fritz Mierau. Leipzig (Reclam Verlag) 1987

*Du gehst, Da ich die Dinge bald verlasse, Weiße Sonne, Als der Vogelbeerbaum, Eine Sonne, Meine arme Vergänglichkeit, Für Majakowski, Auswanderer, Vorstadtpoem, Eisenbahnzug, Traum, Leiser mit Lob, Strauch, Heimweh, Holunder, Zeitungsleser, Brandstätte*

Aus: Marina Zwetajewa, Gedichte. Aus dem Russischen von Christa Reinig. Herausgegeben von Klaus Wagenbach unter Mitarbeit von Elisabeth Schleicher und Katia Wolff. Berlin (Verlag Klaus Wagenbach) 1968

*Dein Name, Andre – dem Auge des süßesten Gatten, Rolands Horn, Der Dichter, Wir gehen auf keine Reisen*

Aus: Marina Zwetajewa. Ausgewählt von Fritz Mierau; Interlinearübersetzungen von Oskar Törne. Berlin (Verlag Neues Leben) 1974





Die Übersetzungen der *Lebenszeugnisse* besorgte Fritz Mierau; mit Ausnahme folgender Texte: Marina Zwetajewa, Gefangener Geist (über Andrej Bely). Deutsch von Hans Loose. Aus: Russen in Berlin 1918 – 1933. Leipzig (Reclam Verlag) 1987. Marina Zwetajewa, Mein weiblicher Bruder. Brief an die Amazone. Aus dem Französischen von Ralph Dutli. München (Matthes & Seitz Verlag) 1985. Marina Zwetajewa, Mein Puschkin. Puschkin und Pugatschow. Zwei Essays. Deutsch von Elke Erb. Berlin (Verlag Volk und Welt) 1978. – Die Zitate aus den Briefen von Rainer Maria Rilke und Marina Zwetajewa nach: Rilke/Zwetajewa/Pasternak, Briefwechsel. Herausgegeben von Jewgenij Pasternak, Jelena Pasternak und Konstantin M. Asadowski. Übersetzt von Heddy Pross-Weerth. Frankfurt am Main (Insel Verlag) 1983.

Die *Abbildungen* wurden von Ardis in Ann Arbor, Michigan, zur Verfügung gestellt (Ellendea Proffer, Tsvetaeva. A pictorial biography. Ann Arbor 1980), das Rilke-Portrait auf Seite 170 vom Insel Verlag.

Wir danken allen Autoren, Verlagen und Rechtsinhabern für die erteilten Druckgenehmigungen.

# Natalia Ginzburg
# im Verlag Klaus Wagenbach

## *Die kaputten Schuhe*
*Sechs Erzählungen*

Sechs kostbare Betrachtungen und Erzählungen darüber, wie es zugeht unter Leuten, die sich gern haben, aber in schwierigen Zeiten leben. Wie man statt der kleinen Tugenden die großen wählen sollte.
»Natalia Ginzburg schreibt einfach, klar und uneitel, mit tiefem Ernst und mit großer Wärme und Liebe für ihre Figuren.«
Elke Heidenreich, WDR

Aus dem Italienischen von Maja Pflug
WAT 321. 80 Seiten

## *Alle unsere Gestern*
*Roman*

Die Geschichte, wie aus dem pummeligen Mädchen Anna eine starke, selbständige Frau wird – und das anrührende Portrait des alten Italien. Oder: wie die Menschen miteinander umgehen in schwierigen Zeiten.
»Das Buch wirkt, als sei es in einem Atemzug geschrieben, und ist einer der sehr wenigen schönen Romane, die in Italien in der Nachkriegszeit erschienen sind.« Luciano Foà

Von Maja Pflug neu durchgesehene Übersetzung
Quart*buch*. Leinen. 336 Seiten

## *Die Staße in die Stadt*
*Roman*

»*Die Straße in die Stadt*, der erste Roman Natalia Ginzburgs, ist eines ihrer schönsten Bücher, ein Buch ohne Falten: es verliert nie an Frische und behält bei jeder neuen Lektüre seine wilde jugendliche Spröde.« Cesare Garboli

Aus dem Italienischen von Maja Pfug
*SVLTO.* Rotes Leinen. 96 Seiten